KB236422

였다. 그래서 그게 무슨 의미냐고 누군가 묻는다면 딱히 할 말은 없었다. 사진을 넘기다 영원은 잠시 멈췄다. 두 달 전쯤 찍힌 사진이다. 길 건너 불에 탄 노부부의 집 앞에 서 있던 남자의 뒷모습. 영원은 희미하게 들썩이다 60분의 1초 사이에 멈춘 남자의 어깨에서 슬픔과 후회, 회한 같은 단어들을 영화 속 클리셰처럼 떠올렸다. 그리고 사진 속 남자의 뒷모습을 보며 영원은 오래전 어느 날을 떠올렸다. 그의 뇌리에 마지막 남은 그녀의 모습도 뒷모습이었다. 물론 그때 그녀의 뒷모습은 다시 만날 날을 기대하며 돌아선 후였기에 웃고 있었다. 하지만 영원과 그녀는 그 후로 다시 만나지 못했다. 그렇게 27년의 세월이 흘렀다. 따지고 보면 이 세상에 헤어진 연인 중 어느 일방은 다른 일방의 뒷모습만을 기억한 채 평생을 살게 되는지도 모른다고 영원은 생각했다. 영원이 바로 그랬다.

연수와 수연

"꽃은 시들어."

수연이 창하에게 날 사랑했던 게 아니냐고 물었을 때 창하가 흘리듯 내뱉은 말이었다. 꽃이 지듯 그들의 사랑도 졌다.

언제부터였을까? 수연은 수시로 국어사전 검색창에 단어를 적어 넣는 버릇이 생겼다. 대부분 익숙하고 흔한 일상어일 뿐인데 막상 사전에 적힌 정의를 보면 종종 낯설어지곤 했다.

[사랑]

1. 명사) 어떤 사람이나 존재를 몹시 아끼고 귀중히 여기는 마음. 또는 그런 일.

2. 명사) 어떤 사물이나 대상을 아끼고 소중히 여기거나 즐기는 마

음. 또는 그런 일.

3. 명사) 남을 이해하고 돕는 마음. 또는 그런 일.

누구나 다 알고(정말 알까?) 흔하게 쓰는 말들. 하지만 그 말을 특정해 여러 번 되뇌다 보면 수연은 어느새 자신이 그 말뜻을 제대로 알고 있었는지 의심이 갔고, 그럴 때마다 스마트폰의 사전 검색창을 열었다. 확실치는 않지만 그런 버릇이 생긴 건 아마도 창하가 헤어지자 말한 그때부터였을 거다.

창하를 만난 건 스무 살 대학 신입생 OT에서였다. 사실 수연은 그날에 대한 기억이 딱히 따로 있지 않았는데 나중에 창하로부터 첫 만남이 그날이라고 들어서 그렇게 알게 되었다. 창하가 그녀에게 사랑한다고 '말'로 고백한 건 그로부터 7년이 더 흘러서였다. 그녀는 대학을 졸업하자마자 국내 굴지의 IT 기업에 마케터로 입사해 바쁜 나날을 보내고 있었다. 그 와중에도 군대를 다녀온 창하와는 7년째 좋은 친구로 남아 있었다. 재학 시절 주위에서는 그들을 CC로 여기는 이들이 많았다. 그도 그럴 것이, 워낙 둘이 붙어 다녔고 또 둘 다 훤칠한 키에 훈남, 훈녀 소리를 듣는 외모인지라 캠퍼스에서 그들 커플은 나름 유명했다. 당시 수연은 남들이 자신과 창하를 CC라 불러도 딱히 부정하지 않았다. 오히려 즐기는 편에 가까웠다. 하지만 정작 창하와의 관계는 철저히 친구의 경계를 넘지 않았다. 수연을 속속들이 잘 아는 친한 친구들은 그걸 다들 이상하게 여겼고 심지어 창하에게 뭔가 문제가 있는 거 아니냐며 우스운 의심까지 했지만, 수연은 전혀 걱정하지 않았다. 수연은 창하의 앞과 뒤, 겉과 속을 너무 고스란히 꿰고 있었고 무엇보다 그가 얼마나 자신을 사랑하는지 잘 알고 있었다. 수연 입장에서 창하는 속된 말로 그물 안에 잡아놓은 물고기였다. 물고기가 어딘가로 도망치거나 사라질 가능성은 전혀 없었다. 군대를 다녀와 수연보다 2년 늦게 졸업한 창하는 2년 뒤 수연이 다니는 회사에 신입 개발자로 입사했다. 수연은 창하에게 평생 자신을 따라다닐 참이냐고 물었고 창하는 그날 수연에게 사랑한다고 했다. 만난 지 7년 만이었다. 수연은 참 빨리도 고백한다고 했고, 창하는 모든 게 확실해질 때를 기다렸다고 했다.

창하는 같은 회사에 다니면 캠퍼스 시절처럼 수연을 매일 만나게 될 줄 알았지만, 사회는 학교가 아니었다. 창하와 수연은 회사에서 부서도 달랐고 무엇보다 각자가 너무 바빠서 자주 볼 기회가 평소보다 더 적었다. 그렇게 3년이 흘렀다. 그사이 수연은 회사에서 CEO 다음으로 각광받는 인물이 됐다. 어떻게 그런 일이 벌어졌냐고? 창하는 물론 수연 자신조차도 전혀 상상할 수 없었던 일이다. 유명 연예인이 진행하는 TV 예능프로에 누구나 입사하고 싶어 하는 대기업 MZ 사원을 대표해 수연이 섭외되어 나간 게 시작이었다. 공중파 방송의 힘은 실로 엄청났다. 수연이 학창 시절부터 꾸준하게 블로그에 끼적이던 잡문은 유명 출판사의 제안을 통해 MZ 세대의 필독 자기계발서로 탈바꿈되어 베스트셀러가 됐고, 수연은 이듬해 세계 최대 IT 기업의 아시아권 마케팅 담당자로 전격 스카우트되었다. 덕분에 창하와는 더더욱 만나기 어려워졌다. 수연은 과중한 업무로 인해 극한의 스트레스를 받던 날, 창하와 처음으로 밤을 함께 보냈다. 그러니까 창하와 수연은 10년을 만나면서도 어설픈 키스를 두어 번 나눈 게 전부였다. 창하는 스트레스로 지쳐 있는 수연에게 도대체 그렇게까지 힘들게 회사 생활을 할 필요가 있냐고 물었고, 수연은 창하에게 대뜸 결혼하자고 했다. 어차피 넌 회사 생활이 맞지도 않고 그만두고 싶어 하지 않았냐며 이참에 결혼하고 자기 뒷바라지를 하는 게 어떠냐고 했다. 사실 창하는 이미 회사에 사표를 낸 후였다. 수연은 그걸 왜 이제야 말하냐고 했고 창하는 이미 수연에게 말했다고 했다. 두 달 후 수연과 창하는 결혼식을 올렸다. 창하는 신혼집 서재를 작업실로 꾸미고 프리랜서 개발자로 일하며 수연을 내조하기로 했다. 그리고 3년 후, 둘은 이혼합의서에 서명했다.

"미쳤지. 내가 미쳤어."

풍진동 맛집 '연수와 철호의 회사랑' 사장님 황연수가 하루에도 수십 번 넘게 중얼거리는 말이다.

"미쳤지. 내가 미쳤어."

그러니까 연수가 제대로 미친 건 스무 살, 대학 첫 여름방학 때였다. 연수는 아빠 친구 딸 찬스로 최저 시급보다 무려 2천 원이나 더 주는 횟집에 알바로 취직했다. 그리고 그곳에서 철호를 만났다. 철호는 연수보다 다섯 살이나 많았지만, 횟집에서는 막내였다. 연수는 철호에게 한눈에 반했다. 정확히는 생선살을 발라내는 철호의 예민하고 날렵한 칼 솜씨에 그만, 미친 거다. 사랑에 빠지고 말았다는 얘기다.

연수는 철호를 만나고 이듬해 휴학했다. 배가 불러왔기 때문이었다.

"미쳤지. 내가 미쳤어."

연수는 그해 여름 예쁜 딸아이의 엄마가 됐고 다시는 학교로 돌아가지 못했다. 비록 1년밖에 다니지 못했지만, 연수의 대학 전공은 연극영화과였다. 연수의 어린 시절 꿈은 영화배우였다. 그런데 그 꿈을 스무 살에 만난 사랑과 홀랑 바꿔버린 거다.

"미쳤지. 내가 미쳤지."

연수는 그날도 내가 미쳤지를 연발하며 동네 극장을 찾았다. 그녀는 불면증에 시달리고 있다. 불면증이 시작된 시기는 동네 프로 백수의 조언에 따라 횟집 홍보를 시작하고 엄청난 성공을 거둔 후 전국구 맛집이 된 시기와 일치했다. 매출이 기하급수적으로 늘자 처음에는 남편과 기쁨에 겨워 이러다 빌딩 올리는 거 아니냐고 곧 건물주가 될 꿈에 부풀었다. 하지만 잔인한 현실은 그런 꿈을 꾸게 고이 내버려두지 않았다. 애초에 변두리 쇠락한 상권이라 건물주는 계약 당시 월세 올릴 생각 없으니 그저 장사만 오래오래 하라고 했다. 하지만 막상 횟집이 대박을 터뜨리자 그동안 안 올린 월세를 정상화하겠다며 보증금도 월세도 두 배로 올리겠다고 통보한 거다. 연수는 상가임대차보호법상 그렇게 마음대로 월세를 올릴 수 없다고 했지만, 다짜고짜 계약을 파기할 테니 나가라고 했다. 애초 계약 때 오래 장사하도록 해주겠다고 하지 않았냐고 하자 그건 그때 얘기라고 했다. 사람 좋은 건물주를 만났다며 장사가 그렇게 안 되도 매달 월세에 싱싱한 횟감까지 정성스레 챙겨 보낸 자신이 바보처럼 느껴졌다.

결국, 우여곡절 끝에 건물주와 50% 월세 인상으로 합의했다. 매출이 늘면서 직원을 늘리니 인건비가 늘어났고 월세도 올랐으니 이젠 전보다 훨씬 더 벌어야 했다. 손님은 계속 늘었지만, 손님이 늘자 가게 주변 상인이나 주민들의 악성 민원도 늘어났고 무엇보다 염치없고 무례한 손님들이 기하급수적으로 늘어났다. 어쩌면 그날부터인지도 몰랐다. 대기 손님이 많아 한 시간 만에 홀에 입장한 손님이었다. 주문을 받을 때부터 한껏 불쾌한 표정이었는데 나가면서 하는 얘기를 들었다.

"맛은 있는데 그렇다고 한 시간씩 기다려 먹을 정도는 아냐. 인터넷으로 소문난 맛집이 다 그렇지 뭐. 거기다 사장인지 주방 아줌만지 봤어?"

"누구? 디룩디룩?"

"그래. 디룩디룩. 크크크. 안 불편한가? 그런 몸으로 살면?"

그날 연수는 피곤했지만 잠이 오지 않았다. 다음 날도 마찬가지였다. 병원에서 수면제를 처방받으면서 그나마 잘 수 있게 되었지만, 정작 아침에 제때 일어나지 못해 종일 일하는 데 영향을 끼쳤다. 게다가 어느 날부터는 수면제도 듣지 않았다. 10시에 잠자리에 들었는데 다음 날 10시까지 한숨도 못 자는 날이 생기기 시작했다.

세탁소에 간 날도 그랬다. 연수는 전날 단 1분도 잠들지 못한 채 퀭한 눈으로 폴란드 세탁소 문을 밀고 들어갔다. 연수는 나름 세탁소 단골이었지만 평소 말 없기로 소문난 세탁소 사장과는 몇 마디 말을 섞어본 기억이 없었다. 연수는 영원이 먼저 온 손님을 응대하는 동안 구석 자리에 가서 털썩 앉았다. 그리고 생각난 듯 핸드폰을 들었다.

"선생님, 저 어제 정말 1초도 자지 못했어요. 약이 왜 안 듣는 거예요? 저 정말…… 너무 괴로워요. 조금 있다 병원에 갈 테니까 처방 다시 해주세요. 네? 오늘 안 된다고요? 그럼 어떻게 해요? 오늘 밤에도 못 자면 어쩌냐고요.”

연수는 핸드폰을 놓고 머리를 감싸 쥐었다.

“손님……”

연수가 고개를 들자 영원이 깨끗하게 세탁된 옷을 들고 서 있었다.

“아, 죄송합니다.”

연수가 황급히 일어서다 그만 비틀하며 주저앉았다.

“괜찮으세요?”

“네. 잠깐 어지러워서. 괜찮아요.”

연수가 다시 일어나 옷을 받아들고 나가려는 참이었다.

“저기, 극장에 한번 가보세요.”

“네?”

나가던 연수가 멈칫하며 다시 뒤돌아섰다. 필요한 말 외에는 좀처럼 하지 않는 세탁소 주인이라 연수는 순간 들려온 말이 자신에게 한 말이 맞는지 주위를 둘러봤다. 물론 세탁소 안에는 둘 말고 다른 사람은 없었다.

“길 건너 극장이요. 지루한 영화들을 많이 상영하거든요. 손님도 거의 없는 거 같고요. 어쩌면 효과가 있을지도 몰라요.”

연수는 세탁소를 나와 신호등 앞에 섰다. 길 건너에 소리 소문 없이 극장이 생긴 건 알고 있었다. 하지만 가볼 생각은 하지 않았다. 배우에 대한 꿈을 접은 후로 영화는 어쩌다 보이면 볼까 굳이 챙겨보는 일은 없었다. 게다가 식당을 하면서는 장사가 잘돼도 안돼도 달리 여가를 즐길 만한 상황이 되지 않았다. 남편과 마지막으로 극장을 가본 게 언제였는지 기억조차 나지 않았다. 신호등의 불이 파란불로 바뀌었다. 가게로 돌아가려면 길을 건널 필요는 없다.

연수는 길을 건넜다.

한낮의 동네 극장 로비에는 따사로운 햇살이 가득했다.

"안녕하세요."

매니저 명찰을 단 하루가 연수를 향해 반갑게 인사했다.

"네, 안녕하세요. 표는 어디서 사나요?"

"저쪽에 키오스크 이용하시면 됩니다. 처음 오셨죠? 제가 도와드릴게요."

단관 극장이라 따로 선택의 여지는 없었고 다행히 다음 회 상영까지 남은 시간은 얼마 되지 않았다. 연수는 표를 끊고 로비 한쪽 햇살이 잘 비쳐드는 곳에 앉았다. 전 회 상영이 끝났는지 두세 명의 관객이 나왔고 젊고 잘생긴 매니저 하루가 상영관 문 앞에 '정리 중'이란 푯말을 세운 뒤 안으로 바쁘게 들어가는 게 보였다. 연수는 천천히 일어나 상영작 영화 포스터 앞에 섰다. 세탁소 주인이 말한 지루한 영화가 이 영화일까? 생각해보니 우스웠다. 단골 세탁소라고는 하지만 그동안 옷을 맡기고 찾아가며 주고받은 대화라고는 "언제 찾으러 올까요?"

"얼마예요?"가 다였다. 그런데 세탁소 주인은 자신이 불면증에 시달리고 있다는 걸 알고는 뜬금없이 길 건너 극장에 가보라고 권했고, 자신은 그 황당한 권유를 받아들여 뭔지도 모르는 영화 티켓을 끊었다. 그 와중에 눈앞에 보이는 포스터는 아름답지만 기괴한 분위기를 자아내고 있었다. 여주인공은 어깨가 강조된 파란색 드레스를 입고 있는데, 꼭 인형에게 입혀놓은 옷 같아 보였고 자세히 보니 드레스가 괴물의 입처럼 보이고 거기서 작은 사람들이 나오고 있었다. 여주인공은 짙은 화장을 했으나 얼굴은 로봇처럼 창백했다. 연수는 마치 자신의 얼굴을 보는 것 같은 착각에 빠졌다. 물론 포스터 속 배우처럼 그렇게 예쁘지는 않지만.

"지금 입장하셔도 됩니다."

매니저가 푯말을 치우며 말했다. 손에 청소 도구를 들고 있는 거로 봐서 한 회 상영이 끝날 때마다 직접 청소를 하고 나오는 듯 했다. 연수는 문득 매니저가 학창 시절 모범생이었을 거라고 생각했다.

연수는 상영관 안으로 들어섰다. 조금 전 티켓을 사며 매니저가 어느 좌석을 택하겠냐고 물었을 때 연수는 맨 끝 열, 좌측 끝자리를 선택했다. 그곳이 잠들기에 가장 좋을 것 같아서였다. 자리에 앉자 실내등이 꺼지고 스크린에 비상시 탈출 안내 영상이 나왔다. 낮이라 그런지 관객이라고는 자신과 중간쯤

자리의 한 사람밖에 없었다. 그런데 자신을 제외한 관객이 들어오는 걸 본 적이 없는 거 같았다. 저 사람은 언제 들어왔지? 혹시 전 회 상영을 보고 나가지 않은 걸까? 쓸데없는 생각을 하는 중에 극장 불은 완전히 꺼졌고 광고나 예고편 없이 바로 영화가 시작됐다. 누빈 이불 위로 뜨는 오프닝 크레딧과 다리에서 뛰어내리는 여자, 이어지는 흑백 화면을 본 것까지만 기억이 났다. 그리고 다시 정신이 돌아왔을 땐 젊고 잘생긴 학창 시절 모범생이었을 매니저가 난처한 표정으로 연수를 내려다보고 있었다. 연수는 잠시 상황을 파악하느라 눈을 깜빡였다.

"죄송합니다."

연수는 창피해서 붉어진 얼굴로 일어나 도망치듯 극장을 나갔다. 극장 밖은 어느새 해가 지고 있었다. 길 건너 세탁소가 환하게 보였고, 다림질하는 세탁소 주인의 모습도 보였다 안 보였다 했다. 연수는 오랜만에 개운한 기분이 들었다. 그날 본 영화의 러닝타임은 141분이나 됐다. 두 시간 넘게 깊이 잠들었다 깬 거다. 연수는 길 건너 세탁소를 바라보며 살짝 고개 숙여 인사했다.

집으로 돌아가는 길, 연수는 참 이상한 하루였다고 생각했다. 무엇보다 세탁소 주인의 황당한 권유로 극장에 갔다가 꿀잠을 자고 나왔더니 좀 살 만해졌다. 핸드폰을 꺼내 보니 '남의 편'이라 적힌 부재중 전화가 열 통 가까이 찍혀 있었다. 연수가 핸드폰 저장 목록에 남편을 굳이 남의편이라 수정한 건 3년 전쯤의 일이다. 연수는 앞으로도 종종 극장을 찾아야겠다고 결심했다. 그리고 실제로 그다음 날에도 식당의 점심 피크 타임이 지나자마자 또다시 극장을 찾았고 두 시간여 숙면을 취할 수 있었다. 어제처럼 손님은 연수를 빼면 한 사람이 더 있을 뿐이었다. 그것도 같은 자리였다. 연수는 저 사람도 자러 오나 의심했지만 그건 아닌 것 같았다. 오늘의 영화는 치열한 전쟁터 소음과 함께 시작됐다. 희한한 일이었다. 수면제를 먹어도 도통 잘 수 없었건만 극장에서는 요란한 헬리콥터 소음과 빗발치는 총성이 5.1 사운드 채널을 통해 꽝꽝 울려 퍼져도 꿀잠을 잘 수 있었다. 이유는 알 수 없었다. 그냥 관객 없는 어두운 극장 좌석에 잔뜩 웅크린 채 잠겨 있으면 마치 어린 시절 엄마 품 속에 안겨 있는 것처럼 편했고, 한순간 이러다 사라져버리면 좋겠다고도 생각했다.

#

"꽃은 시들어."

그 말은 창하가 먼저 한 말이 아니었다. 창하는 과거 수연에게 유독 꽃 선물을 많이 했다. 무슨 날에도, 또 무슨 날이 아닌 날에도 수시로 꽃을 건네었고 그때마다 수연은 기쁜 표정을 지었다. 결혼식을 이틀 앞둔 날이었다. 그날도 창하는 야근하는 수연의 퇴근길 운전기사를 할 요량으로 회사 앞에서 기다리고 있었다. 수연은 12시를 넘겨서야 나왔다. 수연은 조수석 문을 열고 타자마자 짜증이 폭발했다. 뭔가가 엉덩이에 깔렸다. 노란색 프리지어 한 다발이었다. 수연은 깔린 꽃다발을 집어 들고는 차 밖으로 던져버렸다. 창하가 놀라서 차에서 내리려 했지만 그럴 수 없었다. 수연의 앙칼진 목소리가 창하를 주저앉혔다.

"그냥 가."

집까지 가는 동안 수연은 한 마디도 하지 않은 채 눈을 감고 있었다. 자는 건지는 알 수 없었다. 그리고 집 앞에 도착하자 눈을 떴다.

"창하야 미안해. 회사에 일이 너무 많아. 신혼여행 일정을 좀 조정해야 할 수도 있어."

"그래. 그렇게 해. 일이 중요하지."

"그리고 말이야."

"응. 그리고 또?"

"나 꽃 안 좋아해. 네가 그동안 나한테 준 꽃들 다 집에 가면 쓰레기통으로 바로 들어갔어."

창하는 어리둥절했다.

"너 꽃 좋아한다고 했잖아."

창하는 수연을 처음 만난 날을 기억했다. 수연은 봄날의 캠퍼스에 활짝 핀 꽃향기를 맡고 있었다. 그리고 그때 분명 수연은 꽃을 좋아한다고 자기 입으로 말했다.

"그건…… 아니, 그래 꽃 좋아해. 꽃을 싫어하는 사람이 어디 있겠어. 난 단지 꽃을 받는 걸 좋아하지 않는 거야."

"왜?"

"꽃은 시들어. 시든다고. 그럼 버릴 때도 불편하고. 내가 이 얘기는 전에도 했을 거야. 그랬더니 넌 그담에 나한테 화분을 선물해주더라? 근데 화분은 더 싫어 나. 매일 물 주고 보살펴야 하잖아. 그리고 결국엔 또 시들어 죽을 건데."

창하는 아무 말도 하지 않았다. 꽃을 두고 대화는 더 이어지지 않았다. 이틀 뒤 두 사람은 결혼식을 올렸고, 두 달 후 창하는 수연의 생일에 반클리프 아펠의 신상 펜던트 목걸이를 선물했다. 꽃은 없었다. 수연은 오랜만에 꾸밈없는 순도 100%의 기쁜 표정으로 창하의 목을 끌어안고 귓가에 "나도 사랑해"라고 속삭였다. 창하는 장난스럽게 "난 사랑한다고 말 안 했는데?"라고 했고, 수연은 창하가 건넨 목걸이를 가리키며 "이게 사랑이지"라고 답했다.

창하는 수연과 이혼 후에도 생일이 돌아오면 꼬박꼬박 선물을 보내왔다. 수연은 받은 선물을 돌려보내거나 하지 않았다. 오히려 주위에 맘껏 자랑했다. 꼬박꼬박 전처 생일 챙기는 엑스 남편을 둔 쿨한 아메리칸 커플처럼 보이기를 바랐다.

한낮에 쏟아지는 울음을 참을 수 없어 마침 눈앞에 보이는 극장 간판을 보고 찾아 들어간 은하극장. 그날은 1년에 한 번 돌아오는 수연의 생일날이었다. 창하는 잊지 않고 아침 일찍 생일 선물을 보내왔다. 이탈리아 브랜드 파울라 카데마토리의 컬러풀한 신상 미니 토트백이었다. 화려하면서도 세련된 감각의 젊은 여성 취향, 하지만 이름만 들으면 누구나 다 아는 너무 흔한 브랜드는 아니어야 한다는 기준을 창하는 여전히 잘 기억하고 있었다. 당연히 함께 온 꽃다발은 없었다. 수연은 카톡 창을 열었다.

선물 잘 받았어. 고마워 창하야.

수연은 카톡을 보내고 대화창에서 1이 사라지기를 기다렸다. 하지만 1은 바로 사라지지 않았다. 수연은 방금 포장을 뜯은 화려한 토트백을 물끄러미 바라봤다.

헤어지고 나서 이렇게 뒤늦게 취향을 저격하면 어떻게 해?

수연은 카톡 문장 끝에 ㅋㅋ를 덧붙인 후 보냈다. 카톡 창에 1은 곧 사라졌다. 하지만 답글은 없었다.

수연은 창하와 헤어진 후 회사를 그만뒀다. 사람들의 시선을 견디기 어려웠다. 그래서 최대한 누구와도 접촉하지 않고 할 수 있는 일을 찾다가 선택한 게 외화 번역 일이었다. 무엇보다 영화를 좋아했고 번역도 적성에 맞았다. 하지만 당장 잘하리라는 보장도 자신도 없어서 긴 안목으로 해나갈 생각이었지만 역시나 수연의 인생은 뜻대로 되지 않았다. 처음 의뢰받은 영화는 작은 규모로 개봉하는 유럽 예술영화였는데 의외로 흥행 대박이 터졌다. 그런데 흥행 이유가 더 황당했다. 수연의 파격에 가까운 과감한 번역체가 네티즌 사이에 화제가 되면서 영화로 관심이 이어졌기 때문이었다. 네티즌들은 수연의 번역체를 두고 '감정이입형 번역' 혹은 '공감과잉형 번역'이라 칭하며 열광했고, 밈이 되어 영화의 흥행을 견인했다. 영화는 딱히 새로운 이야기는 아니었다. 믿었던 남자의 배신과 그로 인한 여자의 복수가 주된 스토리였다. 그런데 문제가 된 부분은 이런 식이었다. 여주인공이 남자의 배신을 알아차리고 이렇게 말했다.

"Love can change, but people shouldn't."

간단한 문장이라 사실 논란거리가 될 만한 소지가 없었는데 스크린의 자막에는 이렇게 번역되어 올라온 거다.

"그래 사랑! 변할 수 있어 이 새끼야. 근데 네가 그러고도 사람인 척함 안 되지!"

영화 한 편을 통틀어 이런 식의 과격한 의역이 다수 발견됐고 이를 한 네티즌이 정리해 올리면서 영화 커뮤니티에서 댓글 싸움이 붙었다. 이 과정에서 해당 번역가가 한때 방송을 통해 유명세를 탔던 윤수연이라는 사실이 알려졌고 게다가 잘나가던 수연이 회사를 그만두고 최근 이혼했다는 사실까지 유포됐다. 수연은 죽고 싶을 만큼 괴로웠지만, 어떤 일이 있어도 책임감이 먼저인 사람이었다. 일단 수연은 번역을 의뢰한 수입사에 자신으로 인한 논란을 사과했지만, 수입사 대표는 입이 함박만 해져서 무슨 소리냐며 번역은 제2의 창작 아니겠냐고 했다. 그리고 곧바로 다음 작품을 의뢰하며 이례적으로 보너스 지급까지 약속했다. 한마디로 어이없는 상황이었다. 그 뒤로도 비록 작은 규모의 예술영화들이기는 했으나 번역 의뢰가 이어졌다. 어찌 보면 수연의 인생은 항상 이런 식이었다. 결정적 순간에 행운에 가까운 일이 벌어지곤 했는데 정작 그게 수연이 바라거나 상상하던 인생의 방향은 아니었다.

그러다 보니 수연은 매번 제멋대로 날뛰는 말 위에 올라탄 채 어딘지도 모르는 곳으로 내달리는 초짜 카우보이 같았다. 수연은 한동안 인터넷에 접속하지 않기로 했다. 굳이 들어가 보지 않아도 그곳에서 자신이 얼마나 가루가 되도록 씹히고 있을지는 어림짐작이 됐다. 그런데…… 아니었다. 그곳에서 수연은 더 이상 참지 않는 여자, 해야 할 말은 하고야 마는 주체적 여성의 아이콘으로 진화하고 있었다.

이혼한 사람에게 결혼기념일은 더 이상 기념하지 않아도 되는 날이다. 그럼에도 이른 아침 눈치 없는 구글의 기념일 축하

알람에 잠이 깬 수연은 얕은 한숨을 내쉬었다. 기분이 이상했다. 창하는 오늘 하루를 어떻게 보낼까? 아무 일 없는 듯 즐거운 하루를 보낼까? 새로운 사람과 만나 시간을 보낼까? 설마 그러진 않겠지. 창하와 헤어질 때 수연은 말했다.

"너랑 어울리는 새로운 사람을 만나. 진심이야."

진심이라고 했지만, 진심이 아니었다. 수연은 창하가 언젠가 새로운 사람을 만나게 돼도 할 수 없다는 걸 알지만 적어도 오늘은 그러면 안 된다고 생각했다. 그리고 그런 생각을 하는 자신이 초라해져 눈물이 나왔다. 창하도 지금 이 시각에 깼을까? 수연은 창하에게 전화하고픈 욕구를 억지로 참아내며 운동복으로 갈아입고 집을 나섰다. 평소 5km씩 뛰던 코스를 평소보다 더 빨리 달렸고, 그것도 모자라 3km를 더 달린 후 숨이 턱에 달해 더는 못 뛰겠다는 몸의 신호가 와서야 운동을 마쳤다. 집으로 돌아와 샤워를 하고 번역 관련 영상 회의를 잠깐 하고 나니 오전 시간이 훌쩍 지나갔다. 수연은 허기를 채우기 위해 비싸기로 유명한 브런치 카페를 찾아 샐러드와 커피로 늦은 아침 겸 점심을 해결했다. 엄마에게서 전화가 왔지만 받지 않았다. 대신 회의 중이라고 거짓 문자를 날렸다. 친구와 수다를 떨 요량으로 전화번호부를 열었지만, 막상 맘 편히 통화할 친구를 찾지 못했다.

카페를 나온 수연은 갈 곳이 없었다. 그래서 일단 걸었다. 얼마나 걸었는지 알 수 없었고 아침 달리기까지 한 터라 다리에 무리가 온 후에야 멈춰 설 수 있었다. 시간을 보니 어느새 한 시간 넘게 지나 있었고 걸음이 더는 떼어지지 않았다. 주위를 둘러보니 어딘지도 알 수 없었다. 수연은 다리가 풀려 주저앉았다.

"괜찮으세요? 힘드시면 잠깐 들어왔다 가세요."

수연은 물기가 어른거리는 시야 때문에 말하는 상대를 제대로 알아볼 수가 없었다. 자신이 울고 있다는 사실도 그제야 알아차렸다. 수연은 세탁소로 들어가 한쪽 구석에 앉은 채 남자가 건네준 티슈로 눈물을 닦았다.

"따뜻한 물이에요."

도자기 컵에 담긴 물을 손으로 감싸 쥐자 수연의 마음이 차분해졌다. 천천히 한 모금 물을 마시니 금방 몸 안으로 온기가 퍼졌다. 수연은 그리고 나서야 고개를 들었지만 남자는 눈앞에 있지 않았다. 두어 걸음 너머에서 그는 무언가를 하고 있었다. 수연은 뒤늦게 주위를 둘러봤다. 천장에 빼곡하게 걸린 옷들, 대형 세탁기가 설치되어 있는 벽. 치익— 다리미에서 스팀이 뿜어져 나왔다. 슥슥 능숙하게 다림질을 하는 남자. 그리고 그 공간을 가득 메우고 있는 음악. 흔한 곡은 아닌데 어디선가 들었던 곡이다. 어디서 들었더라? 생각이 날 듯 날 듯 나지 않아 수연은 마음 한구석이 간질거렸다.

"혹시 이 곡 아시는 곡인가요?"

길거리에 주저앉아 울던 자신에게 잠시 쉬고 가라며 가게의 자리를 내어주고 따뜻한 물을 건넨 친절한 세탁소 주인이 다림질하다 멈추고 돌아봤다. 수연은 순간 세탁소 주인이 자신을 이상한 사람으로 여길까 뒤늦게 정신이 돌아왔다.

"죄송합니다. 아니 먼저 고맙습니다."

수연은 급히 일어나 정중하게 고개 숙여 인사했다. 영원은 평소 좀처럼 짓지 않는 미소를 지었다.

"제목은 〈On the Nature of Daylight〉고요, 막스 리히터라는 작곡가 곡이에요. 영화에 꽤 많이 쓰여서."

"그쵸? 제가 분명히 어떤 영화에서 들었는데 생각이 날 듯 날 듯 나지 않아서……."

"혹시…… 〈컨택트〉, 아닐까요?"

"아, 맞아요! 영화 시작할 때랑 끝날 때."

수연은 간질거림이 해소되자 손뼉까지 쳤다. 그러곤 금방 얼굴이 발개졌다.

"죄송해요. 저 미친 여자 같죠?"

영원은 살짝 고개를 저으며 미소만 지었다. 수연은 영원이 건넨 도자기 컵을 들고 일어섰다.

"따뜻한 물 잘 마셨습니다. 음악도 잘 들었고요. 다음에 세탁할 거 있으면 꼭 올게요. 고맙습니다. 그럼……."

수연이 한 번 더 고개 숙여 인사했다.

"길 건너에 극장이 있어요."

"네?"

"단관 극장이기는 한데 언제 가도 항상 좋은 영화들을 상영하더라고요. 또 낮에 가면 거의 손님이 없어요. 있어 봐야 한둘 정도니까 방해받을 일도 없고요."

수연은 세탁소 주인이 뜬금없이 길 건너 극장에 관해 얘기하는 게 무슨 뜻인지 그땐 알지 못했다.

"그럼 조심히 가세요."

수연은 세탁소를 나왔다. 잠시 쉬면서 괜찮아진 줄 알았는데 아니었다. 햇살 쏟아지는 거리에 다시 서자 울컥하는 마음이 어느새 다시 솟아올랐다. 수연은 세탁소로 돌아갈까 생각했지만 차마 그럴 순 없었다. 수연은 정말 내가 왜 이러나 싶어 짜증이 났는데 이미 눈물은 또 흘러내리고 있었다. 그때 신호등의 불이 파란불로 바뀌었다. 수연은 파란불이 켜진 횡단보도를 단거리 스프린터처럼 달렸고, 상영 중인 영화의 포스터를 중앙 벽면에 내건 극장 건물 앞에 멈춰 섰다. 대형 포스터에는 침대 위에 나란히 누운 남녀가 각자 다른 책을 보고 있는 풍경 위로 〈이제 다시 시작하려고 해〉라는 영화의 제목이 새겨져 있었다. 순간 수연은 뭘 다시 시작하려 한다는 걸까? 생각했다. 둘은 같은 침대에 누워 있지만, 서로를 바라보고 있지 않다. 다시 시작하려 한다는 건 각자의 삶을 말하는 걸까? 포스터는 이혼 직전 자신과 창하의 침실 풍경을 그대로 옮겨놓은 것 같았다. 짧은 순간 수많은 생각이 스쳐 갔다. 극장 간판이 뒤늦게 눈에 들어왔다. 은하극장. 조금 전 세탁소 주인이 말한 극장이다. 그 순간 깨달았다. 왜 세탁소 주인이 뜬금없이 극장 얘기를 했는지. 수연은 애초의 목적지가 이곳이었던 사람처럼 황급히 극장 안으로 들어갔다. 1층 로비엔 햇살이 환하게 비쳐 들고 있었다.

"안녕하세요."

매니저 명찰을 단 젊은 청년이 기다리고 있었다는 듯 수연을 향해 다가왔다.

"지금 바로 영화 시작하는데 발권 도와드릴까요?"

수연은 막 터져 나오려는 울음을 참느라 대답도 못 하고 고개만 세차게 끄덕였다. 그리고 잠시 후 수연은 어두운 극장 안에서 결국 참았던 울음을 토해냈다.

그리고 경수

은하극장을 찾는 사람들은 영화를 각자의 방식으로 사랑했다. 하루가 그랬고 경수가 그랬고 지금은 비록 거리를 두고 있지만 영원이 그랬다.

경수가 이 동네로 이사하자고 결심한 데 있어 결정적인 요인이 된 건 단연코 은하극장이었다. 걸어서 5분이면 가 닿는 거리에 영화관이 있다니. 게다가 그동안 상영한 영화 목록을 검색해보니 프로그래머의 안목이 자신의 취향과도 딱 맞아떨어졌다. 이사를 오고 경수는 거의 매일 극장을 찾았고, 매니저 명찰을 단 하루와 얼굴을 익혀갈 즈음 대뜸 자신의 포트폴리오를 건넸다.

"구경수라고 합니다. 제가 은하극장 때문에 이 동네로 이사를 왔습니다. 이건 제 포트폴리오고요, 뒤에는 제안서가 들어 있습니다. 보고 마음에 드시면 연락주세요."

평일 한낮의 동네 극장은 한산하기 그지없다. 그날도 경수는 극장에 불이 꺼지자 의자 위로 솟은 관객의 머리가 꼭 섬처럼 보인다고 생각했다. 그것도 하나같이 외로운 외딴섬들. 하나, 둘, 셋, 넷. 아니 셋이다. 아니 넷인가? 간혹 어떤 섬은 파도에 가려 보였다가 안 보였다가 했다.

영화가 시작됐다. 은하극장은 예고편도 광고도 없다. 정해진 시간에 담백하게 영화가 시작된다. 경수가 오늘 택한 영화는 14년을 함께 산 부부 알레와 알렉스가 헤어질 결심을 하고 이별 파티를 준비하며 벌어지는 코미디인지 로맨스인지 경계가 모호한 스페인 영화였다. 경수는 자 이제 나를 웃겨봐 아님 울려보든가 하는 마음으로 의자 등받이에 깊숙이 몸을 기댔다. 하지만 안타깝게도 그날은 온전히 영화에 몰입할 수 없었다. 이른바 극장 빌런이 있었기 때문이다. 빌런은 불이 꺼지기 직전 마지막으로 들어왔고 앉자마자 어깨를 들썩였다. 그리고 영화가 시작되자 희미하게 훌쩍이기 시작했고 중반 이후로 넘어가자 마침내 대놓고 흐느꼈다. 러닝타임 내내 그녀는 울음을 멈추지 못했다. 영화의 무엇이 그녀의 감정을 건드린 걸까? 하지만 그렇다고 하기엔 영화가 거의 시작하기도 전부터 그녀의 어깨가 들썩였다는 걸 경수는 기억했다. 상영시간 내내 울며 볼 영화는 분명 아니었다.

손님 없는 한낮의 극장은 사실 숨어서 울기 딱 좋았다. 경수는 애초에 그녀가 영화를 보기 위해 극장을 찾은 게 아닐 거라 생각했다. 그녀는 오로지 울기 위해 극장 문을 밀고 어둠 속으로 들어온 거다. 경수는 참 희한한 날이라고 생각했다. 둘러보니 관객이라고는 자신을 빼면 고작 셋이 다인데 한 명은 영화가 상영되는 내내 영화와 무관하게 훌쩍였고 반대편 뒷자리의 또 다른 극장 빌런은 쌔근쌔근 코를 골며 잤다. 영화의 사운드가 쉬어갈 때마다 코 고는 소리가 경수의 귓가를 간질였다. 사실 코골이 그녀는 이번이 처음이 아니다. 처음에는 영화가 지루해 자는 줄 알았는데 오늘 보니 확실해졌다. 누군가는 울고 싶을 때 극장을 찾고 또 누군가는 잠들기 위해 극장을 찾는 게 분명했다. 경수는 비록 오늘의 영화 관람은 망쳤지만 어쩐 일인지 짜증이 나거나 하지는 않았다. 오히려 짠한 마음이 들었고, 그래서 문득 이 작고 소박한 동네 극장이 더욱 사랑스러워졌다. 그래서 자신도 모르게 고개를 끄덕이며 중얼댔다.

"그러게. 극장에 꼭 영화만 보러 오란 법 있나?"

그런데 그 순간 정수리가 쭈뼛했다. 갑자기 에어컨이 켜졌는지 극장 안에 찬 공기가 훅 느껴져 솜털이 곤두섰다. 바로 옆자리에서 무슨 소리가 들린 것도 같았다. 경수는 오늘은 참 이상한 날이라고 생각했다. 그렇게 영화를 보는 둥 마는 둥 두 시

간이 흘러갔고 엔딩 크레딧이 다 올라간 후 실내등이 켜지자
더 황당한 일이 벌어졌다. 뒷자리에서 영화 상영 내내 코를 골
며 자던 여자가 잔뜩 불쾌한 얼굴로 내내 훌쩍이던 여자에게
성큼성큼 다가가는 게 보였던 거다. 순간 경수는 뭔가 일이 벌
어지는 게 아닌가 싶어 잔뜩 긴장했다. 그건 분명 자신의 영화
관람 혹은 수면을 방해한 이에게 따지러 가는 모양새가 틀림
없었다. 그런데…….

두 여자가 서로 마주 보고 서서, 마치 거울에 비친 자신을 꼼
꼼히 보듯 고개를 갸웃거리고 있었다. 그리고 마침내 동시에
입을 열었다.

"너…… 혹시 수연이?"

"너 연수? 연수 맞아?"

뒤에서 지켜보던 경수는 황당했다. 경수의 영화 관람을 울
음소리와 코골이로 방해했던 당사자들이 서로 아는 사이라니.
마치 블랙코미디 장르의 영화 속에 갑자기 들어와 있는 느낌
이었다. 두 사람은 어느새 양손을 서로 부여잡고 방방 뛰지는
못해도 반가움을 숨기지 못하고 있었다. 한 사람은 눈물범벅
얼굴로, 그리고 또 한 사람은 실컷 자서 퉁퉁 부은 얼굴로.

경수는 오늘은 참 이상한 날이라 생각했다.

사람 그리고 사람들

120cm

하루의 하루는 다람쥐 쳇바퀴 돌듯 돌아간다. 매일 같은 시각에 일어나 같은 장소로 출근을 하고 일터에서 꽉 찬 하루를 보내고 나면 다시 돌아가 쉴 곳이 있다. 비록 거기에 기다리는 사람은 없지만 이만하면 더 바랄 것 없는 삶이라 생각했다.

어느새 은하극장은 개관 4주년을 맞았다. 코로나라는 긴 터널을 통과하면서도 망하지 않고 살아남은 거다. 사실 하루가 자랑스러워할 일은 아니었다. 극장은 문을 연 후 3년 동안 매달 적자를 봤다. 그나마 적자 폭이 아주 조금씩이나마 줄어들고는 있었지만 내세울 만한 성과는 아니었다. 하루는 극장주에게 이메일로 매월 말 매출 관련 자료를 보낼 때마다 어쩔 수 없이 자신의 능력 부족을 들키는 것 같아 부끄러웠고 또 이렇게 매달 손해를 봐도 되나 싶었지만, 극장주는 적자 경영과 관련한 어떤 압박도 주지 않았고 오히려 항상 수고하고 고생했다는 칭찬과 격려를 잊지 않았다. 그래도 극장 운영을 혼자서 책임지는 하루로서는 공익사업도 아닌데 이렇게 매달 손해를 보면서 꼬박꼬박 월급을 받아가는 게 마음 편하지는 않았다. 그래서 정부 관련 지원사업도 열심히 내고 또 팬데믹이 지나간 후부터는 나름 극장 홍보에도 열을 올렸지만, 이미 OTT로 눈을 돌린 관객들을 변두리 동네 극장으로 다시 불러 모으기가 쉬울 리는 없었다.

"무슨 일 있어요?"

영원이 물었다. 하루는 매일 아침 출근길, 폴란드 세탁소에 들러 영원과 아침 인사를 나눈다. 보통은 30초에서 1분 사이인데 그날은 특별히 3분쯤 대화를 나눴다.

"아뇨. 아니, 무슨 일까진 아니고요…… 그냥."

영원은 그럴 때 재촉하지 않고 기다려준다. 그러면 결국 하루가 하고 싶었던 말을 하게 된다.

"극장 말이에요. 이렇게 매달 적자를 봐도 되나 싶어서요."

하루의 말에 얕은 한숨이 섞였다.

"적자가 꼭 적자가 아닐 수도 있죠."

"그게 무슨 뜻이에요?"

"세상에는 돈으로만 평가할 수 없는 것도 있다는 얘기."

영원은 보일 듯 말 듯 미소를 지었다. 영원은 좀처럼 표정을 드러내는 사람이 아니다. 그런데 자주 있는 일이 아닌 건 또 있었다. 영원은 세탁소를 찾는 누구에게나 똑같이 존대어를 쓴다. 다섯 살 아이에게도 팔십 먹은 노인에게도 똑같다. 그런데 하루에게는 조금 전처럼 가끔 뒷말을 잘라 존대도 아니고 하대도 아닌 애매한 말투를 보일 때가 많아졌다. 모르는 사람은 그게 뭐? 라고 하겠지만 20년 넘게 한 자리에서 세탁소를 하는 영원에게는 엄청난 변화라고 보는 게 맞았다.

하루는 영원이 모르는 게 없는 사람이라고 생각한다. 영원은 지식이라 불러도 좋을 것들은 물론이고 지식과는 다른 차원의 '앎' 그 자체에도 능통했다. 하루는 짧은 시간이지만 꾸준히 매일 영원을 보면서 자연스레 알게 됐다. 무엇보다 그가 좋아하는 음악에 대해 가장 많이 알게 됐고, 그가 사람보다 동물과 더 잘 소통한다는 것도 알게 된 사실 중의 하나였다. 특히 영원은 길고양이들과 잘 통했다. 거의 대화가 가능한 수준이라고 봐도 좋았다. 하지만 하루는 정작 어쩌다 그가 세탁소를 하게 됐는지를 포함해 사소한 개인사에 대해서는 아는 게 하나도 없었다. 따지고 보면 영원의 입장에서 하루도 마찬가지였다. 하루는 그날 영원을 만나지 못했다면 아마도 극장 매니저가 된 지금의 자신도 없었을 거라고 자주 생각했다. 그래서 하루는 매일 아침 출근길에 잠깐이라도 들러 영원과 짧은 인사를 나누며 하루를 시작하는 게 좋았다. 물론 퇴근길에 들러 세탁소 안을 채우고 있는 음악을 귀동냥하듯 듣다 가는 것도 좋았다. 영원은 하루에게 섬 같은 사람이었다. 잠시 들러 쉬었다 가는 외딴섬.

"오기 사장님! 좋은 아침이요!"

돌아보니 세탁소 문을 열고 들어오는 활기찬 목소리의 주인공은 아니나 다를까 경수다. 경수는 하루를 보자마자 반가운 표정을 지었다.

"어! 하루 님도 계셨네요? 무슨 얘기 하고 계셨어요?"

하루는 경수가 참 일관된 사람이라 생각했다. 대뜸 하는 말이 무슨 얘기를 하고 있었냐니. 대체 그게 왜 궁금할까? 하루에게 경수는 좋은 사람이란 걸 알면서도 친해지기는 어려운 사람에 속했다. 하루는 서둘러 세탁소를 나서면서 앞으로 경수가 120cm 안에 들어오지 못하도록 틈을 주지 말아야겠다고 다짐했다.

한편 같은 시각, 폴란드 세탁소에서 거리상으로 27km 떨어진 한 고등학교에서는 또 한 명의 하루가 중요한 시험을 앞두고 있었다. 그녀는 3년 연속 임용고시에 도전 중이다. 하루는 시험이 시작되기 전 핸드폰을 반납하기에 앞서 어플을 켜고 오늘의 띠별 운세를 찾아봤다.

귀인이 찾아온다.

하루는 자기 손으로 찾아봐놓고도 말도 안 된다고 생각했다. 전국에 수많은 같은 띠 동갑내기들에게 오늘 다 귀인이 찾아온다고? 하루는 어플을 끄고 시험이나 잘 보게 해달라고 기도했다. 기도의 대상은 딱히 정해져 있지 않다. 하느님이든 부처님이든 누구라도 자신의 간절한 목소리를 듣는다면 그 바람을 들어줬으면 싶었다. 그래서 빌었다. 시험도 붙고 또…… 기왕이면 첫사랑과도 다시 조우할 수 있게 해달라고.

#

결과적으로 하루에게 경수는 귀인이었다. 동네 프로 백수인 경수로 인해 은하극장은 개관 4년 차 드디어 흑자를 내기 시작했기 때문이다.

하루는 종종 은하극장이 아니었으면 자신이 걸어갔을 길에 대해 생각하곤 한다. 엄마의 기대대로 잘나가는 의사가 되었을까? 그랬을 수도 또 아닐 수도 있지만, 엄마가 원한 대로 되었다면 행복하지 않았을 거란 건 쉽게 상상이 됐다. 무엇보다 하루는 사람들의 고통을 가까이서 지켜보는 게 힘겨웠다. 그 고통을 덜어주는 게 '일'이라는 점에서 의사는 분명 숭고한 직업이지만 하루는 그게 자신의 소명은 아니라고 여겼다. 무엇보다 모든 걸 다 잃은 (스스로 그렇게 생각한) 엄마가 인생 막판에 하나뿐인 아들을 의사로 만들려 한 것도 그 직업이 가진 고결함 때문은 아니었기에 더더욱 그 길을 가고 싶지 않았다.

결국 1인 다역을 해야 하는 변두리 작은 극장의 관리자가 된 지금의 자신이 하루는 훨씬 마음에 들었다. 변변한 친구도 가족도 없지만, 매일 대면해야 할 직장 상사도 없는 마치 무인도의 등대지기 같은 처지가 자신에게 오히려 잘 어울린다고 생각했다. 그런데 최근 하루는 자신을 둘러싼 주변 공기가 뭔가 달라지고 있음을 느꼈다. 뚜렷하게 설명할 수 없는 어떤 변화였다.

하루는 극장을 찾는 손님들에게는 누구에게나 친절했지만, 동시에 그들과는 온전한 사회적 거리감을 유지하려고 노력했다. 대학 1학년 때 사회학 강의를 들었던 기억이 났다. 교수는 수업 중에 앉아 있는 학생들을 쭉 훑어보더니 나란히 앉은 남녀 학생을 가리켜 말했다.

"너희 사귀는 사이지?"

교수의 말은 맞았다. 그들은 실제로 과에서 유명한 CC였다. 사실 그걸 맞춘 게 대단한 통찰이라고 할 것까지는 아니었다. 교수가 아니라 누가 봐도 그들은 사귀는 사이였다. 둘이지만 거의 하나의 몸처럼 보였으니까. 교수는 에드워드 홀이란 사람의 이론을 빌려 말했다. 사람들 간의 거리는 네 가지로 나뉘는데 가족이나 연인처럼 친밀하고 밀접한 관계는 45cm, 친구 등 아는 사람과의 개인적 거리는 45cm에서 120cm 사이, 그리고 120cm에서 3.6m는 사무적인 관계로 이루어진 사회적 거리 그리고 그 너머는 공적 거리로 정의했다. 하루는 가족을 먼저 떠나보낸 후로는 그동안 예외 없이 모든 사람과의 거리를 120cm 이상으로 설정하고 잘 유지해왔다. 다만 얼마 전 세탁소 사장님과 120cm 안쪽에서 마주 대화를 하고 있다는 사실을 깨닫고는 스스로 조금 놀랐다. 가족 아닌 이가 그 거리 안으로 들어오고도 인식을 못 한 적이 없었기 때문이다. 그래서 하루에겐 유일하게 영원만이 개인적 거리 내에 있었다. 그런데 뜬금없이 경수 씨가 그보다 더 가까이 들어오려 하고 있었다. 자신을 동네 프로 백수라고 소개한 경수 씨 말이다.

"하루 씨, 외롭죠?"

하루는 누군가가 설령 외로워 보인다고 해서 대뜸 외롭냐고 물어보는 사람을 도무지 이해할 수 없다. 일테면 하루 역시 길 건너 폴란드 세탁소 주인인 영원을 볼 때마다 그가 얼마나 외로운 사람인지 사무치게 느끼지만 그렇다고 단 한 번도 "사장님 외로우시죠?"라고 물어본 적도, 또 물어볼 생각도 하지 않았다. 그건 하루가 생각하는 120cm 밖 사람들과의 관계에서 당연한 일이었다. 그래서 경수가 자신에게 그렇게 물어왔을 때 적절한 대답을 찾지 못하고 멋쩍은 표정만 지을 수밖에 없었다. 하지만 경수는 하루가 생각하는 것보다 더 눈치가 없거나 혹은 집요했다.

"하루 님도 그 영화 봤죠! 아담 샌들러가 킥보드 타고 헤드폰 목에 걸고 나오는 포스터요."

경수는 아마도 일부러 영화 제목을 말하지 않았을 거다. 내가 아는 영화를 당신도 알 거라는 걸 당연한 전제로 하는, 같은 영화 마니아끼리의 일종의 대화법이라고 할까. 경수가 그 영화라고 지칭한 영화는 주로 코믹한 연기를 해온 아담 샌들러의 연기력을 제대로 확인할 수 있는 영화였다. 당연히 하루도 봤다. 영화의 배경은 9.11 테러 후의 미국 뉴욕. 아담 샌들러가 연기한 극중 찰리는 테러로 가족을 모두 잃고 외상후스트레스장애(PTSD)를 앓고 있다. 그는 세상을 향한 마음의 문을 꽁꽁 닫아걸었다. 왜 안 그러겠는가. 경수가 '헤드폰을 목에 걸고 나오는 아담 샌들러'라고 한 건 헤드폰이 외부와의 소통을 거부하는 오브제로 쓰였기 때문이다. 영화 제목은 더 후의 노래 〈Love, Reign O'er Me〉에서 따온 것으로 극 중 찰리가 영화에서 자주 듣는 노래였다. 만약 하루가 그렇게 그 영화의 정보를 줄줄이 늘어놓았다면 경수는 분명 회심의 미소를 지으며 하루가 아직 허락하지 않은 친밀한 거리 안으로 훅 치고 들어왔을 거다. 하루는 복싱은 거리 싸움이라는 말을 떠올렸다. 내 주먹이 닿을 수 있는 거리를 먼저 확보하는 선수가 상대를 제압할 수 있다. 하루는 사람들과의 관계를 승부로 이해하지는 않았지만 그게 누구든 상대의 주먹이 닿을 수 있는 거리를 주고 싶지는 않았다. 그래서 거짓말을 했다.

"아뇨, 기억 안 나요. 안 봤거든요. 그 영화."

하루는 일단 경수의 주먹이 닿을 수 있는 거리 밖으로 한 걸음 물러섰다. 싫어서는 아니었다. 오히려 그 반대에 가까웠다. 무엇보다 경수는 은하극장 같은 소규모 동네 극장도 자립할 수 있다는 가능성을 보여주는 데 혁혁한 공을 세운 사람이다. 경수는 내심 영화광이라 자부해온 하루도 놀랄 만큼 엄청난 영화 마니아였고 다방면에 재주가 많았다. 경수는 백수를 자처했지만, 사실 동네에서 그보다 더 바쁜 사람도 없었다. 그는 지금 은하극장에서 발행하는 소식지 '은하레터'의 디자인과 소개 글을 쓰고 있는 건 물론이고 은하극장을 동네 사람들의 문화 공간으로 자리매김하게 한 영화 모임 '은사모'의 회장이다. 그게 다가 아니다. 그는 극장 건너편에 자리한 폴란드 세탁소 일을 도우며 기부 활동을 하고, 문 닫을 위기에 처한 동네 횟집의 마케터로 나서더니 6개월도 안 돼 전국적 인지도를 갖춘 맛집으로 소문나게 한 장본인이기도 했다. 어찌 보면 변두리 동네 백수로 살기에는 아까운 인재였다. 그러다 보니 타인에 대해 지극히 관심이 없는 하루조차 경수에게만큼은 왜 그렇게 사는지 한 번쯤 물어보고 싶은 욕구가 생기기도 했다. 물론 그렇다고 실제로 묻지는 않았다. 그건 경수가 하루에게 대뜸 외롭지 않냐고 묻는 게 불편한 것과 같은 종류의 대화 방식이기 때문이다. 하지만 그 전에 경수에게는 궁금한 걸 물어볼 필요가 애초에 없었다. 묻지 않아도 스스로 줄줄 털어놓았기 때문이다.

"난 그 영화에서 아담 샌들러가 보여준 연기가 외로운 남자 캐릭터 중 고트(GOAT)라고 봐요. 안 봤으면 나중에 한번 보세요."

경수는 그쯤하고 물러났다. 하루는 본 영화를 안 봤다고 거짓말한 게 괜히 마음에 찔려 뒤돌아 가는 경수를 향해 평소와 달리 제법 큰 소리로 외쳤다.

"경수 님, 그럼 다음 은사모 상영회 때 뵈어요."

경수가 가고 하루는 사무실 책상에 앉았다. 혼자가 되자 비로소 마음이 편해졌다. 하루는 타인과 대화를 나누고 나면 남들보다 두 배는 더 피로감을 느꼈다. 누군가는 하루를 향해 사회성이 부족하다고 하겠지만 정작 하루는 그들이 말하는 사회성을 키우고 싶은 마음도 없었다. 어쩌면 하루가 영화에 빠진 이유인지도 모른다. 하루는 언젠가 연극을 보러 갔다가 연극 공연 도중에 배우로부터 지목을 당한 적이 있다. 배우는 갑자기 무대에서 내려와 하루에게 다가왔다. 그러고는 말을 걸며 즉흥연기를 이어갔는데 하루는 그때의 당황스러움이 거의 트라우마로 남을 지경이었다. 그 일이 있고 난 후 다시는 연극을 보러 가지 않았다. 하루는 2차원의 평면 스크린에 살고 있는 사람들을 바라볼 때 온전한 편안함을 느꼈다. 물론 영화에서도 종종 '제4의 벽'을 허물고 관객에게 말과 시선을 던지는 경우가 있다. 하지만 그조차도 쌍방향의 소통은 아니니 마음이 불편해질 일은 없었다. 하루가 영화를 사랑하는 수만 가지 이유 중 하나였다.

경수가 봤냐고 묻고 하루가 안 봤다고 거짓말한 영화의 포스터에는 'Let in the unexpected'라는 홍보 카피가 붙어 있었다. 그러니까 예상치 못한 상황을 받아들이라는 말이다. 하루는 영화를 보기 전 포스터와 간단한 줄거리를 통해 그 말이 주인공 찰리를 향해 자신에게 닥친 가혹한 현실(상실)을 받아들이라는 뜻으로 이해했다. 하지만 영화를 보니 그 말은 상실감에 빠진 찰리에게 우연히 나타난 대학 시절 룸메이트 친구로 인해 찰리의 삶에 다가온 예상치 못한 변화를 말하는 것이었다. 영화에서 찰리는 처음에는 친구의 도움을 거부한다. 하지만 결국 친구와의 만남을 통해 닫힌 마음의 문을 조금씩 열게 된다. 어느 날 닥친 비극적 현실에 갇혀 있지 않고, 예상치 못했던 친구의 존재와 그로 인해 찾아오는 변화들을 받아들임으로써 찰리는 비로소 다시 살아갈 힘을 얻게 된다.

사실 경수는 며칠 전 길 건너편에서 퇴근하는 하루를 본 적이 있다. 그날은 아침부터 비가 와서 하루가 자전거를 놓고 나온 날이었다. 경수는 반가운 마음에 길 건너 하루를 향해 손을 크게 흔들며 불렀는데 하루는 헤드폰을 끼고 땅만 보며 걸었다. 문득 그 모습이 경수에게 낯설지 않았다. 트라우마로 공황장애를 겪던 바로 그 영화 속 아담 샌들러의 모습과 겹쳐졌기 때문이다. 경수는 그날 어쩌면 자신이 영화 속 앨런처럼 하루의 친구가 되어줄 수도 있지 않을까 생각했다.

하루는 극장에서 일하게 되기 전까지만 해도 잠들기 전에 내일은 생각지 못한 일이 벌어졌으면 하고 바랐다. 프로그래머를 겸하는 극장 매니저가 된 후로는 굳이 그런 바람을 가진 채 잠들지 않았다. 대신 그날 밤 하루는 문득 예전 그 바람에 대한 응답이 사실은 경수의 등장이 아닐까 생각했다. 그리고 내일 경수가 극장에 찾아오면 영화를 안 봤다고 거짓말한 사실을 고백하고 사과해야겠다고 다짐했다.

#

인생은 계획대로 되지 않고, 때로는 예상치 못한 사건들이 우리의 삶을 뒤흔든다. 하루에게 아빠의 죽음은 예상치 못한 사건이었고 그로 인해 돌변한 엄마의 이상한 신념은 애초 인생 계획에 없던 것이었다. 그러니 지금의 하루를 만든 건 전적으로 먼저 떠난 엄마와 아빠다.

영화에서 상실감에 빠진 찰리는 현실을 철저히 회피하려 한다. 그런 찰리에게 친구 앨런은 말을 거는 존재다. 앨런은 서로의 이야기를 하는 게 친구라고 말한다. 하지만 하루는 사람들과의 관계에서 오는 피로감보다는 외로운 게 차라리 낫다는 주의다. 줄곧 그랬다. 그래서 마치 소행성 B-612에 혼자 살던 어린 왕자처럼 자신이 만들어놓은 소우주에 스스로를 가뒀다. 대신 하루에게는 영화가 있었다. 영화는 하루에게 세상과 자신을 연결해주는 유일한 통로가 돼주었다. 하루가 극장 홍보를 위해 매주 발행하는 은하레터에 그동안 잘 지냈냐는, 자신을 알고 있는 누군가의 댓글이 달린 건 그 통로가 세상과 연결되어 있다는 증거였다.

그냥

그냥 막 찍은 사진들. 초점은 나가고 구도는 무시된, 하나같이 비스듬히 누운 프레임에 갇힌 건 풍경이 아니라 멈춘 시간과 조각난 기억들이었다.

그녀는 함께 있을 때면 강박적으로 핸드폰의 카메라 어플을 켜고 눈앞에 보이는 것들을 향해 아무렇게나 셔터를 눌러 댔다. 왜 그렇게 찍어대는지 물으면 "그냥"이라는 답이 돌아왔다. 돌이켜 보니 항상 그런 식이었다. 심지어 헤어지자는 그녀의 일방적 통보에 경수가 절망 섞인 얼굴로 왜냐고 물었을 때도 그녀의 대답은 "그냥"이었다. 그런데 그냥이 그냥이 아니란 건 시간이 좀 더 흐른 후에야 알게 됐다. 경수는 결과적으로 어리석었다. 사랑을 할 때 유독 그랬다.

그녀와 헤어지고 같은 계절이 세 바퀴 돌았다. 못 견딜 것만 같던 날들이 한동안 이어졌지만, 어느새 견딜 만해졌다. 경수는 별 탈 없이 먹고 자고 이 주의 개봉 영화를 검색하는 자신이 조금은 부끄러웠다. 그런데 어느 날 어쩐지 부끄러운 마음 대신 으쓱한 기분이 들었다. 문득 그녀가 어딘가에서 자신을 지켜보고 있었으면 하는 상상을 했다. 그래서 그녀를 떠나보낸 후에도 자신이 아무렇지 않게 웃고 떠들고 맛있는 걸 찾아 먹고 그렇게 아무렇지 않게 숨 쉬며 살아가고 있다는 걸 그녀가 알았으면 했다. 하지만 정작 그런 생각을 한 날, 경수는 아무렇지 않게 잠들 수 없었다.

한때는 매 순간 숨 쉬듯 그녀를 떠올렸지만 이제 경수는 그녀를 잊은 채 살 수 있게 됐다. 물론 아주 잊지는 못했다. 잊을 만하면 그녀가 핸드폰으로 찍은 사진들이 'N년 전 추억'이란 제목을 달고 경수의 이메일로 날아들었기 때문이다. 오래전, 그녀와 많은 걸 공유하던 시절, 그녀는 새로 산 핸드폰 설정에서 연동시킬 이메일 주소에 경수의 것을 새겨 넣었다. 그때 그러지 말라고 해야 했다.

오늘은 '새로운 추억'이란 제목으로 사진 묶음이 날아들었고 클릭하자 다시 '1년 전 추억'이라는 타이틀이 떴다. 당연히 처음 보는 사진들이었지만 여전히 일관되게 막 찍은 사진들이었다. 초점은 나가고 구도는 무시된, 하나같이 비스듬히 누운 프레임에 갇힌 건 멈춘 시간이었지만 그 안에 경수의 조각난 기억은 이제 없다. 그래도 경수는 그녀가 찍은 게 틀림없는 막 사진을 보며 안도했다. 그녀는 경수와 헤어진 후에도 변함없는 일상을 보내고 있다. 그녀는 그걸 알려주고 싶었던 걸까?

"언젠가는 그를 사랑하지 않는 날이 올 거야."
베르나르는 조용히 말했다.
"그리고 언젠가는 나도 당신을 사랑하지 않게 되겠지. 우리는 또다시 고독해지고 그래도 마찬가지일 거야. 또다시 흘러가버린 1년의 세월만 남아 있을 뿐."[*]

사랑에 빠지면 대중가요 가사가 다 내 얘기처럼 들린다고 했던가? 경수에게는 영화가 그랬다. 엔딩 크레딧이 올라가는 동안 경수는 마치 극장의 지박령이라도 된 것처럼 붙박여 꼼짝도 할 수 없었다. 영화 속 조제가 읽던 프랑수아즈 사강의 책 구절이 계속 가슴 한구석에 남았다. '그냥' 헤어지자는 그녀에게 그때 말했어야 했다. 난 고독해지고 싶지 않다고. 널 사랑하지 않게 될 날은 절대 없을 거라고. 세상 모든 연인이 다 헤어

---

[*] 영화에서는 프랑수아즈 사강의 책 『멋진 구름(Les merveilleux nuages)』(Pocket, 2009) 속의 구절로 소개된다. 국내에는 『신기한 구름』(북포레스트, 2021)이란 제목으로 출간되어 있다.

져도 우린 그래서는 안 된다고 큰소리로 외쳐야 했다. 하지만 정작 그때 경수가 내뱉은 말은, 그랬다.

"알았어."

그녀와 헤어진 후 경수는 정말 세상 모든 멜로영화가 다 자기 얘기를 하는 것 같았다. 〈500일의 썸머〉 속 썸머와 〈봄날은 간다〉의 은수는 그가 사랑해 마지않던 '그녀'를 모델로 만들어진 캐릭터가 아닌지 의심스러웠고, 같은 영화 속 톰과 상우는 목욕탕 거울에 비친 자신 같아 부끄러웠다. 그리고 경수는 그럴 때마다 영화 〈트루먼 쇼〉의 주인공이 된 것 같기도 했다. 그러니까 저 위에서 밤하늘의 별처럼 많은 눈과 눈들이 자신의 일거수일투족을 내려다보며 울고 또 웃고 있는 건 아닌지…….

영화광인 경수는 이별로 고통받는 와중에도 영화를 통해 깨달음을 얻었다. 멜로영화 속 남자 주인공들은 다 바보라는 것. 굳이 차이가 있다면 태생이 바보였거나 사랑에 빠지고 그 결과로 바보가 되었거나 둘 중 하나일 뿐이라는 것. 거기에 예외는 없다는 것. 그리고 지금, 경수는 또다시 바보가 되기 일보 직전이다.

"혹시 윤수연 번역가님 아니세요?"

"네?"

"맞죠? 저 팬이에요. 번역가님 책 취사반 때부터요."

수연은 대체 이 사람은 누군데 이런 데서 나의 흑역사를 들
취내나 싶었다. 그가 말한 '취사반'은 수연이 방송을 통해 얼굴
과 이름이 알려지기 시작하던 초창기에 눈 밝고 발 빠른 출판
사가 수연의 블로그를 읽어다 출간하자는 제안을 해 나온 결
과물이었다. 누가 봐도 날림 출간이었지만 방송의 힘은 실로
대단해서 일약 베스트셀러가 됐다.『취업과 사랑으로 고통받
는 20대의 자기 반성문』, 그 줄임말이 바로 취사반이었다.

한낮에 흐르는 눈물을 들키지 않으려 우연히 숨어 들어간
극장에서 수연은 한때 친했으나 연락이 끊겼던 옛 친구를 만
났고 그날 이후 극장은 울고 싶을 때가 아니어도 찾는 애착 장
소가 되었다. 무엇보다 새로 시작한 외화 번역 일을 잘 해내려
면 남들이 번역한 결과물을 많이 보는 게 공부가 됐다. 게다가
변두리에 자리한 동네 극장이라 더 마음이 편했다. 이곳에서
는 자신을 알아보는 이를 만날 일이 없을 거라 생각했다. 그런
데 고교 동창생에 이어 이번에는 팬을 자처하는 이를 만났다.
수연에게 있어 흑역사가 된 과거를 무덤에서 끌어올린 남자는
다시 보니 낯이 익었다. 생각해보니 수연이 극장에 올 때마다
극장 안에서 뭔가 분주하게 돌아다니던 사람이었다. 영화 포
스터를 곳곳에 붙이고 다닐 때도 있었고 또 은하레터라는 주
간 단위 상영작을 소개하는 8페이지짜리 책자를 나눠주기도
했다. 그래서 당연히 극장 직원이겠거니 했는데 아니었다. 남

자는 묻지도 않았는데 여의도에 살다 이곳으로 이사 온 지 1년
이 되어간다고 했다. 그리고 결정적으로 이 동네를 택한 이유
가 극장이 코앞이어서였다며 동네에 이런 극장이 있다는 건
그 자체로 문화적 혜택이라고, 그런데 극장이 너무 안 알려져
서 안타까웠다고도 했다. 처음 왔을 때만 해도 한 회 차 상영에
손님이 자기 말고는 거의 없었다며. 지금은 매진은 안 돼도 전
에 비하면 손님이 꽤나 많이 늘었다고 했다. 그리고 그렇게 된
배경에 자신이 나름의 공헌을 했다면서 극장 소식지에 자신이
쓰는 칼럼을 보여주었다. 그게 끝이 아니었다.

"혹시 회 좋아하세요?"

동네에 웨이팅 없이는 못 먹는 진짜 맛있는 숙성 횟집이 있
는데 자신은 아무 때고 가면 웨이팅 없이 특별대우를 받을 수
있다고 했다. 수연은 대체 무슨 반응을 보여야 하는지 알 수 없
었지만 그래도 궁금해 물었다.

"혹시 그 맛집이 연수와 철호의 회사랑인가요?"

남자는 수연이 이미 알고 있다는 사실에 그럴 줄 알았다는
듯 스윽 머리를 들이밀고 속삭였다.

"실은 그 횟집 마케팅을 제가 했습니다. 하하하."

수연은 웃는 남자 얼굴에서 순간 뭔가를 본 거 같은데 정작
그게 뭔지는 알 수가 없었다. 뭘까? 내가 뭘 본거지? 구체적으
로 설명하기 어려운 느낌이었는데 일단 나쁜 느낌은 아니었다.

남자의 이름은 경수라고 했다.

"구경수라고 합니다. 부모님이 국영수 위주로 공부하라고 지어주신 이름은 아니고요. 하하하."

경수는 수연에게 자신을 프로 백수라 칭하며 이 동네에서 얼마나 큰 영향력을 발휘하고 있는지 구구절절 자랑삼아 설명했는데 수연에겐 그저 실없고 이상한 사람으로 보였다. 그런데 정말 이상했던 건 그런 남자와 그렇게 오래 대화를 나누고 있는 자기 자신이었다.

"이번 주 금요일 저녁때 시간 괜찮으세요?"

"네? 시간이요? 왜요?"

"저희 영화 모임 들어오시라고요. 은사모라고 하고요. 매달 정기 모임 한 번에 비정기 모임은 수시로 하는데요. 이번 주 금요일이 정기 모임 있는 날이거든요. 다들 영화 좋아하시는 분들이라 영화 번역하시는 분 만나면 엄청 좋아들 하실 거 같아서 실례가 안 된다면 꼭 참석해주셨으면 해서요."

"실례라뇨. 오히려 제가 도움받을 일이 많을 거 같은데요?"

수연은 은사모, 그러니까 '은하극장을 사랑하는 사람들의 모임'에 들어가기로 했다. 대학 졸업 후 줄곧 대기업 마케터로 일하다가 돌연 그만두고 시작한 외화 번역 일이었다. 비록 의외의 일로 기대 이상의 결과를 얻었지만, 업계에서는 아직 햇병아리에 속하고 또 배워야 할 것도 많은지라 영화 모임을 통해 도움을 받을 일도 있을 것 같았다. ……라고 하면 그건 다 핑계고, 사실 수연은 사람이 그리웠다. 이혼한 후로 수연은 거의 모든 사회적 관계를 칼로 자르듯 끊어냈다. 철저히 혼자가 됐고 수시로 울음이 터져 나왔다. 오죽하면 한낮의 손님 없는 극장을 찾았을까. 하지만 계속 울고 있을 수만은 없었다. 우는 시간을 덜어내기 위해서는 일단 혼자 있는 시간을 줄여야 했다. 그리고 하나 더. 나중에 알게 된 일이지만 수연의 첫 영화 번역에 공감과잉형 번역, 주관적 감정이입형 번역체란 이름을 붙이고 알린 장본인이 바로 경수였다. 취사반 때부터 팬이었다는 그의 말은 진심이었던 거다.

○ 헨리

그날도 영원은 어김없이 오후 5시 15분, 카메라를 들었다.

찰.각.

그날 찍힌 풍경엔 어제는 없던 길고양이가 한 귀퉁이에 등
장했다. 석 달 전 영원이 직접 포획틀을 사서 설치하고 마침내
중성화 수술을 시켜준 치즈색 고양이. 그러니까 '아는 고양이'
다. 수술 후 방사했다가 한동안 밥 자리에 나타나지 않아 괜한
짓을 했나 마음 졸였지만, 다행히 아는 고양이는 건강한 모습
으로 다시 영원 앞에 나타났다. 영원은 아는 고양이에게 헨리
라는 이름을 지어줬다. 헨리는 아주 오래전 영원이 처음 찍었
던 단편영화의 제목 〈O 헨리〉에서 따온 이름이었다.

한 남자가 조그만 사각 프레임 창을 통해 밖을 본다.

창에는 세로로 철 막대가 꽂혀 있고, 그 너머로는 높고 질은 회색 콘크리트 벽이 그 너머에 있을 풍경을 지우고 있다.

남자는 온기라고는 없는 싸늘한 한 평 남짓한 독방에 갇혀 있다(왜 갇히게 되었는지는 중요하지 않다).

그사이 밖으로 향해 있는 남자의 시선이 한곳에 머문다. 쇠창살 너머로 그와 막힌 장벽 사이 중간쯤에 피어 있는 이름 모를 들꽃이다.

들꽃이 바람을 이기지 못하고 흔들린다.

해의 높이가 달라지면서 짧았던 들꽃의 그림자가 점점 길어진다. 곧 해가 지고…… 어둠이 찾아든다.

복도에서 "취침!"을 외치는 소리가 들리고, 남자는 곧 말 잘 듣는 착한 아이처럼 눈을 감는다. 얼마나 시간이 흘렀을까? 질은 어둠. 바람 소리, 빗소리에 남자가 눈을 뜬다.

어둠 속에서 비틀대며 일어선 남자는 쇠창살에 얼굴을 들이밀고 밖을 보려 들지만 질은 어둠 속에 보이는 건 없고 들려오는 건 세찬 바람 소리와 빗소리뿐이다. 남자는 잔뜩 실망한 얼굴로 좁은 침대에 등을 누인다. 어느새 빗소리가 잦아들고 쇠창살을 통해 어슴푸레 새벽빛이 스며든다.

남자는 다시 일어나 쇠창살 앞으로 가 밖을 내다본다. 밤새 비와 바람을 온전히 맞은 들꽃이 힘없이 누워 있다. 어쩌면 뿌리째 뽑혀버렸는지도 모른다.

해가 떠오른다.

햇살이 흙투성이 땅을 비추자 들꽃이 어느새 허리를 조금 세웠다. 덩달아 남자의 투박한 입꼬리도 조금 올라간다.

남자는 다음 날부터 좁은 독방에서 팔굽혀펴기를 하고 윗몸일으키기를 하고 턱걸이를 한다. 남자의 몸은 점점 단단해지고 마당에 들꽃도 자란다. (낮과 밤의 경과를 자연스레 보여줘야 한다. 그리고 길게는 최소한 두 계절 정도의 변화는 느껴져야.)

그리고…… 마침내 그날이 온다.

"1397번 출소."

복도에서 교도관의 외침이 있고 뒤이어 문이 철컹 소리를 내며 잠금 해제된다. 남자가 다가가 열린 문에 조심스레 손을 대자 아무 저항 없이 밀린다.

남자는 단출한 가방 하나만을 멘 채 교도소 마당으로 나선다. 높다란 담장 아래, 바깥으로 연결된 출구가 열려 있다. 남자는 한 곳만을 바라보며 걸음을 옮긴다. 그 앞에 비라도 오는 날이면 밤새 그를 애태웠던 들꽃이 보인다. 들꽃은 이제 담장과 그와의 사이에 있다. 남자는 점점 들꽃

에 가까워진다. 이때 담장 너머 세상에서 남자를 부르는
여자의 목소리가 들려온다. 남자는 처음으로 밝은 표정을
지으며 걸음에 속도를 낸다. 그가 뛴다. 발밑에 있던 들꽃
은 남자의 운동화에 밟혀 허리가 부러진다.

영원이 아주 옛날 처음으로 찍었던 단편영화의 내용이다.
제목이 〈O 헨리〉였던 건 중학생 때 오 헨리 단편집 중「마지막
잎새」를 읽고 난 후 떠올린 스토리였기 때문이다. 시한부 환자
가 벽에 그려진 가짜 잎새가 비바람에도 떨어지지 않는 걸 보
고 삶의 희망을 얻는다는 오 헨리의 소설이 어린 영원에게 준
영감은 그런 종류의 것이었다.

인간은 위기에 봉착하면 무엇이라도 기댈 걸 찾기 마련이
다. 하지만 위기가 해소되고 절박함이 사라지면 자신이 기대
고 매달린 게 무엇이었든 또 버릴 수 있는 존재이기도 하다. 영
원이 길고양이에게 헨리라는 이름을 지어주고 제 돈으로 중성
화 수술을 시키고 매일 밥과 간식을 나르며 안위를 살폈던 건
어느 순간부터 헨리가 자신에게 기댈 언덕이 되어주었기 때
문이다. 누가 들으면 웃을 일이었지만 영원은 진지했다. 헨리
가 양지바른 곳에서 배불리 먹은 후 평화로이 낮잠을 즐기는
걸 가만히 바라보고 있으면 그 순간만큼은 평생 씻어내지 못
한 죄책감과 이루지 못한 것에 대한 아쉬움, 그리고 맺어지지

못한 사랑에 대한 미련으로부터 딱 한 발자국 정도는 뒤로 물러설 수 있었다. 마음 줄 사람 없는 영원은 힘들 때마다 말 못하는 길고양이 헨리에게 그렇게 기댔다. 그리고 자신이 오래전 만든 영화처럼 혹여 이 외로움이 해소된다면 헨리에 대한 염려와 애정을 거둬들이지는 않을까 생각했다. 하지만 다행히 그런 걱정은 안 해도 될 것 같았다. 외로움은 영원의 인생을 관통하는 뿌리나 다름없으니까. 외로움은 영원이 영원토록 기꺼이 치러야 할 업보니까.

영원은 그해 여름 태풍이 몰아치던 날, 비에 흠뻑 젖은 헨리를 품에 안고 집으로 돌아왔다. 중성화 수술을 시키고 원래 자리에 방사할 때만 해도 영원은 고양이와의 동거는 고려하지 않았다. 서로 도울 수는 있지만 관여하지는 않는 게 자연의 도리고 법칙이라 생각했다. 하지만 뒤늦게 깨달았다. 자연의 법칙은 자연에서 찾아야 하는 거란 걸. 인공이 판을 치는 도시에서 동물에게 자연의 법칙대로 살라는 건, 곧 죽으라는 것과 같다는 걸.

영원은 자신이 만든 영화 〈O 헨리〉에서 비바람에 들꽃이 쓸려 내려갈까 노심초사 잠 못 들던 남자와 같았다. 비바람이 몰아치던 밤, 어디선가 들려오는 고양이 울음은 헨리가 틀림없었다. 영원은 스스로 그어놓은 선을 넘기로 했다. 우비를 쓴 채 집을 나섰고 처마 밑에서 떨고 있는 헨리를 발견하자 더 이상

고민할 수 없었다. 영원은 흠뻑 젖은 헨리를 품에 안아 들었다. 순간 묘한 쾌감을 느꼈다. 생각해보니 세탁소 문을 연 이래 처음으로 자신의 의지대로 무언가를 한 셈이었다. 그날 영원이 급히 만들어준 잠자리에 피곤한 몸을 누인 길고양이 헨리는 영원의 시선을 피하지 않고 말했다.

"야옹."

매년 나오는 말이지만 역대급 태풍이라고 했다. 천둥 벼락과 함께 밤새 기상 속보가 전해졌다. 그날 밤, 영원은 평생의 안식처를 찾은 헨리가 골골대며 자신에게 이마를 부비자 그동안 누구에게도 하지 않았던 이야기를 들려줬다. 27년째 혼자만 간직하고 있던 사랑 이야기를.

Are you alone?

"Are you alone?"

하루는 영화 속 그 문장이 자신에게 던지는 질문 같았다.

은하극장은 코로나가 정점을 지나 이제 사람들이 바이러스와 함께 사는 데 조금은 익숙해져가던 2021년 가을에 문을 열었다. 하지만 여전히 사회적 거리두기가 강제되었고 매일 아침 업데이트되는 정부 정책에 따라 극장은 여는 날보다 문을 걸어 잠가야 하는 날이 더 많았다. 극장주도 이미 이메일로 재택근무를 지시했지만, 하루는 어차피 극장에 자신 말고는 직원도 없는데 나와서 일하는 게 오히려 편하다고 했다. 극장주는 알아서 하라고 했다.

하루는 한동안 일터에서 매일 혼자였고, 어쩌다 말을 하면 그건 온전한 혼잣말이 됐다. 그렇다고 딱히 외롭다는 생각은 들지 않았다. 혼자 떠들어도 왠지 누군가 곁에서 들어주는 기분이 들었다. 1층 로비와 2층 상영관을 바삐 오가며 청소를 할 때는 핸드폰에 스톱워치를 켜고 기록을 쟀다. 그리고 시간이 단축될 때마다 혼자 주먹을 불끈 쥐고 세리머니를 했다. 마침 로비에 AC/DC의 음악이 크게 울려 퍼질 때는 빗자루를 들고 무릎 슬라이딩을 한 적도 있다. 하루를 조금이라도 아는 이들이라면 상상하기 어려운 모습이었을 거다. 하루는 문득 고등학교 시절, 조금은 특별했던 친구가 떠올랐다. 그 친구가 하루에게 물은 적이 있다.

"넌 잘하는 게 뭐야?"

그때 하루는 이렇게 답했다.

"혼자 놀기."

친구의 이름은 공교롭게도 하루였다. 하필 성까지 같다 보니 종종 해프닝이 벌어졌다. 담임 선생님이 호출해 갔더니 그 하루가 이 하루가 아니었다던가 빌리지도 않은 책의 대출 미납자로 도서관 블랙리스트에 오른다던가 하는 사소하다면 사소한 일들이었다. 하루는 그로 인해 다른 아이들의 주목을 받거나 놀림거리(그게 왜 놀림의 대상이 되는지 몰랐지만……)가 될 때마다 그런 상황이 불편하고 힘들었다. 어떤 날은 칠판에 '신랑 이하루, 신부 이하루'라는 청첩장 양식을 본뜬 낙서가 붙었다. 하루는 도대체 아이들이 왜 그런 실없는 (그것도 나름의 노력을 동반하는) 장난을 치는지 도무지 이해가 가지 않았다. 그런데 진짜 이해가 가지 않았던 건 자신과 이름이 같았던 그 친구의 태도였다. 친구는 유치하게 이름으로 장난치는 아이들을 향해 화를 내기는커녕 한통속이 되어 오히려 그 상황을 즐겼다. 일 테면 선생님이 하루를 호명했는데 그걸 뻔히 알면서도 일부러 하루보다 먼저 일어나 "네!" 하고 대답하는 식이었다. 그러고는 선수를 빼앗겨 엉거주춤한 하루를 향해 찡끗 윙크를 했다. 그러니까 친구는 그 상황을 즐겼다. 정말 유치하기 짝이 없었다. 결국, 하루는 이름이 같은 친구를 멀리할 수밖에 없었다. 아니 굳이 멀리하지 않아도 그렇게 될 수밖에 없었다. 하루의 아빠가 사고로 세상을 떠났고 얼마 지나지 않아 전학을 가야 했기 때문이다.

하루의 하루는 잘 연마된 톱니바퀴처럼 찰각찰각 돌아간다. 9시 출근이지만 하루는 그보다 한 시간 일찍 극장에 도착한다. 물론 그 전에 폴란드 세탁소에 들러 영원과 짧은 아침 인사를 나누는 걸 잊지 않는다. 하루는 학창 시절부터 아침잠이 없는 편이기도 했고, 무엇보다 해가 온전히 뜨기 전의 달궈지지 않은 공기를 좋아했다. 집에서 직장인 극장까지는 자전거로 15분 정도 걸린다. 출근길 스트레스가 없다는 건 행운이다. 하루가 출근해 가장 먼저 하는 일은 극장 주변을 자신의 영역으로 삼고 있는 동네 길고양이들의 밥 자리 챙기기다. 사람들이 지나다니지 않는 극장 건물 뒤편 비를 피할 수 있는 처마 밑에 비워진 고양이 밥을 다시 채워주고 깨끗한 물로 갈아준다. 그리고 극장 안으로 다시 들어가기 위해 건물 앞으로 돌아가면 길 건너 폴란드 세탁소가 보인다. 하루처럼 영원도 24시간을 톱니바퀴 돌아가듯 사는 사람이다. 하루가 극장 주변 길고양이들의 아침을 챙기는 시간, 영원은 길 건너편을 영역 삼아 사는 길고양이들을 챙겼다. 그리고 얼마 지나지 않아 하루는 세탁소 주인이 매일 오후 5시 15분이면 가게 앞에서 극장 방향으로 수동 카메라를 들고 셔터를 누른다는 사실을 알게 됐다. 비가 오나 햇살이 비치거나 바람이 불거나 거르는 날이 없었다. 영화광 경수가 그랬듯 하루도 그런 영원을 보며 영화 〈스모크〉의 담배 가게 주인 오기를 떠올렸다. 물론 외모는 하비 케이틀보다는 다니엘 데이 루이스에 더 가까웠지만 말이다.

하루는 매일 아침 영원과 짧은 인사를 나누면서 당연히 한 번쯤 영원이 놀러 올 거라 기대했지만, 1년이 다 되도록 영원은 길만 건너면 도착할 극장에 걸음을 하지 않았다. 그리고 어쩌다 하루가 영화 얘기를 해도 별 반응이 없어 어느 때부턴가 하루는 영원 앞에서 영화 이야기를 꺼내지 않게 됐다. 그런데 은하극장이 문을 연 지 1년쯤 지난 어느 날 영원이 드디어

길을 건너 극장을 찾았다. 여느 날처럼 극장은 한산하기 그지 없었고 하루는 마지막 회 상영을 준비 중이었다. 상영 시각이 5분 남았으나 관객은 아직 없었다. 은하극장으로서는 흔한 일이었다. 극장주의 방침대로 손님이 한 명도 없어도 영사기는 돌아갔다. 하루는 오늘도 영사기가 공회전을 하겠구나 싶었는데 그때 문이 열렸다. 하루는 반가운 마음에 제법 큰 소리로 인사를 건넸다.

"안녕하세요."

그런데 반가운 손님은 바로 영원이었다. 잠시 후 시작될 영화는 쥘리에트 비노슈와 드니 라방이 출연한 1992년 작 〈퐁네프의 연인들〉이었다. 극장주가 두툼한 필사 영화 노트를 건네며 조건으로 내걸었던 재개봉 기획전 작품 중 하나였다. 그날 이후 영원은 마치 결계가 풀리기라도 한 것처럼 심심찮게 길 건너 은하극장을 찾았다. 주로 마지막 회 상영작을 보러 왔고 언제나 혼자였다.

누구도 내게 잊는 법을 가르쳐줄 순 없어

영화 속 대사 한마디조차 수십 년이 흘러도 잊히지 않는데 하물며 그녀가 잊힐 리 없었다.

살아 있는 모든 것에는 처음과 끝이 있다. 영원한 건 생명 없는 것들에서 찾아야 한다. 영원은 매일 오후 같은 시각 같은 자리에서 카메라 셔터를 누른다. 누군가 그렇게 찍힌 풍경에 무슨 의미가 있냐고 묻는다면 영원은 아무 의미도 없다고 답할 거다. 아니, 굳이 답할 의미가 있을까? 처음이 있으니 끝은 예정되어 있지만 그게 언제인 줄은 모른다. 영원은 25년 전 어느 날 오후, 손목에 찬 전자시계에 새겨졌던 디지털 숫자 5와 15에 이끌려 셔터를 눌렀다. 그리고 생각했다. 앞으로 남은 생은 의도와는 무관한, 어떤 의도도 없는 삶이 될 거라고.

젊은 시절 영원은 꿈이 있었고 그 꿈을 현실로 만들어내기 위해 치밀하게 계획하고 용기 있게 나아갔다. 그 시절 영원의 삶은 온갖 의도로 꽉 차 있었다. 하지만 영원은 정말 중요한 걸 간과했다. 자신이 목표한 바를 이루기 위해 준비하고 의도한 모든 것이 실은 누군가의 도움을 전제로 한 것이었고, 그 도움이란 희생의 다른 이름이었다는 걸.

그 누군가는 영원의 하나뿐인 형이었다. 그리고 형은 이제 이 세상에 없다.

#

저녁 7시. 영원은 홀로 간단한 식사를 마친 후 세탁소 문을 닫고 횡단보도 앞에서 파란불이 바뀌기를 기다린다. 길을 건너면 은하극장이다. 극장이 있던 자리는 원래 오래된 단독주택이 있었는데 화재 사고 후 사라지고 지금의 은하극장이 됐다. 영원이 매일 같은 시각 같은 자리에서 찍는 사진 속 풍경에는 그런 변화의 시간이 고스란히 담겼다. 매일 찍는 사진에는 미세한 변화만 담길 뿐이었지만 1년 후 찍은 사진과 비교하자 이전에 없던 풍경이 새로 생긴 걸 알 수 있었다. 영원은 아무 의도 없이 매일 같은 시각, 같은 자리에서 셔터를 눌렀을 뿐인데 거기에는 누군가의 의도가 담겼다. 그 누군가는 자신의

124

의도가 영원에 의해 기록되고 있는 것까지 의도하지는 않았을 거다. 모든 건 그저 우연히 벌어진 일일 뿐이다. 영원은 거기에 신의 간섭 따윈 없다고 생각했다.

극장이 생기기 전 영원이 매일 찍는 사진에서 어제와 오늘의 차이는 대부분 날씨가 좌우했다. 어떤 날은 밝은 햇살이 사진의 입체감을 풍성하게 만들어줬고, 어떤 날은 여름 장맛비가 의도하지 않은 감성 숏을 연출했다. 하지만 극장이 생겨난 후에는 수시로 바뀌는 영화 포스터가 어제와 오늘이 다른 날이라는 걸 증명해줬다.

영원은 화재 사고 후 같은 자리에 새로 생긴 건물의 용도가 영화관이라는 걸 알고는 착잡한 마음이 들었다. 영원의 젊은 날은 영화를 빼고는 말할 수가 없었다. 아니 영화가 전부인 인생이었다. 하지만 하나뿐인 형이 먼저 세상을 뜬 후로 영원은 꿈을 접었고 당연히 극장을 멀리했다. 영화와 관련한 모든 것이 영원에게는 상처가 됐다. 그런데 그랬던 영원을 한 편의 영화가 다시 극장으로 이끌었다. 아주 오래전 파리의 어느 뒷골목 작은 영화관에서 그녀와 함께 본 영화였다.

이런 밤에는 당신이 사랑했던 파리의 뒷골목 얘기를 다시 듣고 싶어. 당신은 아마 했던 얘기도 매번 새롭게 들리게 하는 특별한 재주를 지녔을 거야. 난 당신이 사랑하는 도시와 그곳을 오가던 예술가들의 몰랐던 이야기를 들으며 당신과 함께 그 풍경 안으로 걸어 들어가겠지. 하지만 그런 상상이 현실이 될 거라는 믿음 같은 건 가져본 적 없어. 이건 그냥 꿈이니까. 누군가는 오지 않은 미래를 꿈꾸는 건 인간만이 누리는 특권이라 말하지만 내게는 그런 특권을 누릴 자격이 없으니까. 파도가 밀려오듯 미래는 끊임없이 도착해. 하지만 거기에 내가 한때 꿨던 꿈은 없어. 그냥 모든 게 다 지나간 일이 되어버렸을 뿐이야. 난 과거에만 존재할 뿐이야.

#

바르샤바에서 버스를 타고 파리까지 가는 데 꼬박 일주일이 걸렸다. 비행기를 탔으면 한 시간이면 족했겠지만 가난한 영화학과 유학생 영원에게는 시간을 살 돈이 모자랐다. 그래도 영원은 좋았다. 아직 젊었고 그래서 시간은 영원의 편이던 시절이다. 무턱대고 폴란드로 떠나온 지 3년 만에 이룬 성과는 스스로를 한껏 고무시키기에도 충분했다. 졸업 작품으로 찍은 단편이 폴란드의 학생 단편영화제에서 그랑프리를 받은 데 이어 그해 프랑스 칸에 초청을 받았다. 칸 영화제에는 전 세계 영화학교 학생들의 단편영화를 대상으로 하는 라 시네프(La Cinéfondation) 부문이 있었는데 영원의 작품이 뽑힌 거였다. 영원은 하나뿐인 형 동원에게 가장 먼저 이 기쁘고 놀라운 소식을 전했다.

동원은 일찌감치 하나뿐인 동생 영원에게 정신적 지주 따윈 개나 줘버리라며 호기롭게 평생의 물질적 지주를 자처한 바 있다. 일찍 세상을 떠난 부모 대신이었다. 덕분에 영원은 형이 매달 보내주는 생활비와 틈틈이 아르바이트로 번 돈을 끌어모아 마침내 꿈에 그리던 파리로 떠날 수 있었다. 영화제가 시작되기까지는 시간적 여유가 있었다. 영원은 그사이 파리에 머물며 '코미디 프랑세즈'에 가볼 작정이다. 파리에서 태어나 일생 연극에 매달리다 지쳐서 죽은 몰리에르의 극장. 사진에서 본 웅장한 그리스식 기둥 사이를 걸어서 붉은 카펫을 밟고 안으로 들어가 〈인간 혐오자〉를 본 후 버킷 리스트의 한 줄을 지울 생각이었다. 막연하게나마 꿈꾸던 삶. 시대와 공간을 초월한 자유인이자 일생의 업에 온전히 자신을 내던지는 예술가의 삶이 바로 내 것이 될 것만 같았던 시절이었다.

80년대 학번의 끝자락이었던 영원은 그 시절 학생들이 대부분 그러했듯 최루탄 내음을 맡으며 학창 생활을 시작했다. 공부보다는 이념과 정의 등 거창한 대의가 먼저인, 개인의 욕망보다 공공선을 앞세워도 그게 이상하지 않던 시대였다. 스무 살을 갓 넘긴 영원 역시 시대의 요구를 거부하지 않았다. 고문으로 인한 사망, 투신과 분신 등 연일 험한 소식이 들려왔다. 총칼을 앞세워 정권을 잡은 자들이 마지막 발악을 하는 중이었다. 최루탄에 맞아 또 한 젊은이가 스러졌다. 국민의 분노는 임계점을 넘어서고 있었다. 직장인, 주부, 노인, 학생 너나할 것 없이 거리로 쏟아져 나왔다. 그리고 그해 6월, 정권이 무너졌다. 하지만 독재정권을 무너뜨렸다는 기쁨을 채 누리지도 못하고 영원은 며칠 후 머리를 깎고 입대해야 했다. 동생을 걱정한 형이 몰래 자원입대 신청을 해서 벌어진 일이었다.

영원은 그해 겨울, 최전방 철원에서 철책 경계를 서다 새 대통령이 선출됐다는 소식을 전해 들었다. 민주화를 바라는 수많은 이들의 피로 쟁취한 직선제를 통해 당선된 대통령은 전임 대통령과 함께 쿠데타를 성공시킨 인물이었다. 어처구니없는 일이었다. 도대체 무얼 위해, 누구를 위해 싸웠던 걸까. 허탈한 마음은 곧 차가워졌다. 영원은 뭔가 자신의 인생에서 하나의 단락이 끝난 기분이 들었다.

머리를 땅에 처박고 거꾸로 서 있어도 국방부 시계는 돌아갔다. 군대에서 겨울을 두 번 보내고 영원은 제대했다. 동원은 영원에게 겨울을 세 번 보내지 않은 건 운이 좋은 거라고 말했다. 영원은 한참 나이 터울 많은 형이지만 참 눈치도 없다고 생각했다. 그래서 딱히 대꾸하지 않았다. 동원은 내내 영원의 눈치를 봤다. 그리고 또 미안하다고 했다. 훈련소에 입대하던 날부터 시작해 자대에 배치된 후에는 수시로 면회를 와서 올 때마다 했던 말이다. 동원은 그때마다 어쩔 수 없었다고 했다. 학생들이 시위하다 잡혀가 고문을 받고 최루탄에 맞아 목숨을 잃는데 하나뿐인 동생이 그렇게 되도록 두고 볼 수는 없었다는 얘기였다. 사실 영원도 처음에는 황당하고 화도 났지만 그게 형이 자신을 위해 한 일이라는 건 알았다. 어차피 다녀올 군대였고, 그래서 끌려갈 거 제 발로 갔다 생각하고 잊은 일이기도 했다. 하지만 굳이 다 잊었다는 티는 내지 않으려고 했다. 형이 미안한 마음을 좀 더 갖는 건 영원에게 나쁠 일이 없었다.

복학하기까지는 몇 달 여유가 있었다. 영원은 그사이에 할 수 있는 아르바이트 자리를 찾는 중이었다. 그런 영원에게 동원이 여행이라도 다녀오라며 봉투를 건넸다. 영원은 생각보다 큰 액수에 놀란 눈을 숨기지 못했다.

"나 너 군대에 가 있는 동안 돈 많이 벌었어. 지금도 계속 버는 중이고. 네가 나보다 공부 머리는 좋은지 몰라도 장사 머리는 형이 저 위에 있잖아. 얼마나 다행이냐. 그러니까 괜히 아르바이트니 뭐니 하면서 시간 축내지 말고 공부나 해. 그 전에 여행이라도 한 번 다녀오고."

영원은 못 이기는 척 형이 건넨 봉투를 챙겼다. 그렇다고 형이 준 돈으로 마음 편히 여행이나 다녀올 만큼 철이 없지는 않다. 영원은 일단 종로의 유명하다는 원어민 영어 회화 학원을 다니기로 했다. 뚜렷한 장래 목표가 정해진 건 아니지만 일단 영어 공부는 필수인 것 같았다. 오전 9시부터 세 시간 학원 수업을 듣고 정독 도서관까지 걸어가는 길이 좋았다. 어디든 갈 수 있고 어디든 머물 수 있는 자유가 이렇게 좋은 거라는 걸 군대에 가지 않았다면 알 수 없었을지도 모른다. 그러던 어느 날이었다. 왠지 도서관에 가기가 싫었다. 날씨가 좋았나? 꼭 그런 건 아니었지만 왠지 도서관보다는 다른 곳에 있고 싶었다. 그때 한 장의 영화 포스터가 눈에 들어왔다. 영원은 주저 없이 티켓을 샀다. 평일 한낮의 극장 안은 한가로웠다. 영원은 뒷자리에 좀 더 가까운 가운데 자리에 앉았다. 러닝타임 125분이 어떻게 흘러갔는지 알 수 없었다. 영원은 영화를 보는 내내 아름다운 음악과 영상 그리고 그 안에 담긴 인간의 잔인함과 또 그 잔인함을 이기는 인간애에 눈물을 흘리지 않을 수 없었다. 게다가 군대에 가기 전 민주주의와 정의를 부르짖고, 잠시 이긴 줄 알았지만 알고 보니 바뀐 게 하나도 없는 세상에 실망했던 마음이 위로받는 치유의 경험을 했다. 비록 서구 세계가 바라보는 오리엔탈리즘이 살짝 걸리기는 했지만, 그럼에도 정의가 힘에 굴복하고 힘이 곧 정의라면 그런 세상에서는 살 수 없다며 빗발치는 총탄 앞에 맨몸으로 분연히 나서는 주인공 신부를 보며 영원은 잠자고 있던 무언가가 깨어나는 느낌을 받았다. 그렇게 영원은 또 다른 사람이 됐다. 한 편의 영화가 그의 인생 핸들을 급하게 틀어버린 거다.

그날 이후 영원의 일상에 변화가 생겼다. 일단 가장 큰 변화는 영어 대신 영화를 공부하기로 한 것이다. 한 글자 차이지만 그로 인한 결과는 막대했다. 인생을 송두리째 바꿀 만큼.

영원은 이듬해 복학과 함께 영화 동아리를 찾아 들어갔고 전공은 내팽개친 채 영화 만들기에 전념했다. 영화를 만들기 위해 해야 하는 모든 것이 다 재미있었다. 결과도 좋았다. 영원은 영화과 학생도 아니면서 처음 만든 단편영화 〈O 헨리〉로 각종 단편영화제를 휩쓸었다. 다수의 해외 단편영화제에도 초청됐다. 한때 투쟁의 선봉에 섰다가 삶의 목표를 잃고 헤매었지만 이제 영원은 확고한 꿈과 목표를 갖게 되었다. 그리고 영화와 무관한 전공의 대학을 졸업하는 게 의미가 없다 생각했다.

"학교를 때려치우겠다고?"

동원은 영원의 느닷없는 자퇴 선언에 울컥했고 배신감마저 들었지만 그럼에도 일단 화를 눌러 참았다. 뭔가 그럴 만한 이유가 있겠지. 내 동생 영원이 아닌가. 영원은 학교를 그만두는 대신 유학을 가겠다고 했다.

"유학? 어디로?"

"폴란드!"

"폴란드?"

영원이 고다르의 프랑스도 아니고 타르코프스키의 러시아도 아닌 폴란드로 목적지를 정한 건 여러 현실적 고려에 의한 것이었다. 영화제에서 영원의 단편영화 〈O 헨리〉를 좋게 본 해외 프로그래머가 폴란드의 영화학교를 추천해줬다. 영원은 되면 좋고 하는 마음으로 포트폴리오를 작성해 보냈는데 입학 허가서를 받게 됐다. 게다가 장학금도 일부 받을 수 있는 좋은 조건이었다. 사실 동원은 영원이 고시를 보거나 최소한 대학을 졸업한 후 대기업에 입사하기를 바랐기에 영화감독이 되겠다는 선언이 뜬금없고 실망스럽긴 했다. 하지만 무엇보다 동원은 동생의 능력을 믿었고, 자신이 하고 싶은 걸 하면서 행복해지기를 원했다. 그건 일찍 세상을 등진 엄마와 아빠에게 스스로 했던 약속이기도 했다.

"형은 영화는 잘 모르지만 네가 원하고 바란다면 세계적인 감독이 되고도 남을 거란 건 알아. 형은 무조건 네 편이야. 유학! 그거 가버려! 학비 걱정은 말고. 형이 팍팍 밀어줄 테니까."

"형이 응원해줄 줄 알았어. 고마워 형. 근데 학비는 정말 얼마 안 들어. 장학금도 받을 수 있고 또 가면 아르바이트도 할 거고. 그러니까 비행기 값만 좀 보태주면 돼."

"그 먼 데까지 가서 무슨 아르바이트야. 그리고 가면 살 집은 어떻게 구하고? 삼시 세끼는 누가 먹여준대? 그냥 형이 다 알아서 해줄 테니까 넌 가서 공부나 해. 그리고 형 곧 엄청 부자 될지도 몰라."

"세탁소 해서 무슨 부자가 돼?"

"얘가 뭘 모르네. 형이 하려는 게 그냥 세탁소가 아냐! 미래형 첨단 프랜차이즈 세탁소라고! 두고 봐라. 10년 안에 대한민국에서 제일 큰 세탁소가 될 테니까."

"그래. 재벌 돼서 형이 내 영화에 투자도 하고 그래라."

"그럼 형 출연도 시켜주나?"

"왜? 하고 싶은 역이라도 있어?"

"있지. 〈죽은 시인의 사회〉에서 키팅 선생!"

"형이 키팅 선생을 알아?"

"형 어릴 적 꿈이 바로 그런 선생님 되는 거였어. 시 쓰고 가르치는 국어 선생님."

"형이 선생님을? 그것도 국어 선생님? 말도 안 돼."

영원은 픕, 하고 웃었다. 형은 고등학교를 졸업하고 대학에 가지 않았다. 언젠가 왜 대학에 가지 않았냐고 물었을 때 그냥 공부에는 관심이 없었다고 했다. 영원은 한 번도 그게 거짓말일 거라고는 생각하지 않았다.

그렇게 좋았던 모든 건 지나간다. 시절도. 사람도. 그리고 사랑도.

#

영원의 어릴 적 별명은 빵원이었다. 이름 가지고 놀리기 좋아하는 아이들의 유치한 발상이라 영원은 신경도 쓰지 않았다.

당연히 그땐 몰랐다. 정말 빵원짜리 인생을 살게 될 거라곤.

영원이 매일 오후 같은 시각에 카메라를 들고 가게 앞 풍경을 찍은 지도 25년이 흘렀다. 눈 깜빡할 새는 아니었지만 자고 일어나니 한순간 늙어버린 기분은 어쩔 수가 없었다. 영원이 그동안 하루도 빠지지 않고 비가 오나 눈이 오나 바람이 부나 같은 시각에 카메라를 들었던 건 어쩌면 결코 영원할 수 없는 세상에서 사랑만은 영원하기를 바라는, 그가 할 수 있는 유일한 행위인지도 몰랐다. 그가 5시 15분에 카메라를 드는 건 아주 오래전 만나 평생 잊지 못할 사랑에 빠졌던 그녀를 기억하기 위함이었다.

그녀와는 5월 15일, 파리 튈르리 정원의 호숫가에서 처음 만났다. 분수대의 기다란 물줄기가 하얗게 부서지고 있었고, 저 멀리 에펠탑과 오벨리스크가 희미하게 솟아 있었다. 햇살은 맑고 투명했다. 영원은 이 아름다운 풍경 속에 자신이 일부가 되어 있다는 게 믿어지지 않았다.

"아, 좋다."

영원은 자기도 모르게 입 밖으로 크게 중얼거렸다.

"너무 좋아. 꿈인가?"

그때였다.

"꿈 아닙니다."

영원의 귀에 들려온 건 불어도 아니고 영어도 아닌 우리말이 틀림없었다. 호숫가 여기저기에 놓인 의자에 앉아 있던 영원이 몸을 틀어 돌아봤다. 역광을 받아 순간 실루엣으로만 보이는 그녀의 모습이 마치 영화의 한 장면 같았다. 시간은 천천히 흘렀다. 바람이 한 줄기 스쳐 지났고 그녀는 흘러내린 머리칼을 쓸어 올렸다. 그 순간 시간은 더욱 천천히 흘렀다. 영원은 이 정도 속도면 초당 120프레임 정도일 거라 생각했다. 그녀가 몸을 살짝 틀자 실루엣으로 보이던 그녀의 얼굴 윤곽이 선명하게 드러났다. 영원은 첫눈에 반하는 장면치고는 너무 클리셰가 아닐까 생각했지만 이건 영화가 아니었다.

"꿈이 아니라고요?"

"네. 꼬집어드릴까요?"

또박또박 독특한 억양을 지닌 그녀는 장난기 어린 얼굴로 깔깔 웃었고 청량한 그녀의 웃음소리는 호숫가 분수대의 물줄기와 함께 공기 중으로 반짝이며 흩어졌다. 영원은 아름답다고 생각했다. 그녀의 흘러내린 머리칼, 그녀의 목소리, 그녀가 있는 풍경 모두 다. 그날 영원은 그녀와 파리의 구석구석을 함께 걸었다. 파리 고등법원 부속 건물인 콩시에르주리(Conciergerie)의 벽시계 앞에서는 함께 사진도 찍었다. 시계의 시침과 분침은 한낮의 그림자가 길어지는 5시 15분을 가리키고 있었다. 영원이 그녀와 파리에서 함께 보낸 시간은 고작 일주일이었다.

그녀의 고향은 서울이었지만 태어난 지 100일 만에 덴마크로 입양되어 갔다고 한다. 파리에는 교환학생으로 와 있었다. 영원은 바르샤바로 돌아가 마지막 학기를 마친 후 가을에는 서울로 돌아간다는 계획이었고, 그녀도 학기가 끝나 일주일 후면 덴마크의 집으로 돌아가야 하는 상황이었다. 두 사람은 헤어지면서 1년 후 처음 만났던 그 장소에서 다시 만나기로 약속했다.

그리고 1년 후, 영원은 서울에서 한창 데뷔작을 준비 중이었다. 촬영이 코앞이었지만 그 바쁜 와중에도 파리행 티켓을 샀고 약속한 날 튈르리 정원에 도착했다. 하지만 그녀는 나타나지 않았고 영원은 한동안 그녀의 행방을 찾아 헤매었지만 찾을 수 없었다. 게다가 촬영이 시작되면서 더는 그녀를 찾는 데쓸 시간도 에너지도 남지 않았다. 그사이에 영화는 만들어졌다. 지방에서 마지막 촬영을 마치고 서울로 복귀하자 영화사 사무실로 편지가 한 통 와 있었다. 덴마크에서 온 편지였다.

당신이 실망했을 줄 알아요.
하지만 나를 잊지 않았다면 한 번 더 기회를 주세요.
당신이 날 잊지 않았기를 바라지만, 잊었다 해도 당신을 원망하진 않을 거예요.

영원은 그녀를 잊지 않았다.

1년 전 그녀가 나타나지 않았을 때도 실망은 했으나 원망하지는 않았다. 그게 끝일 거라고 생각하지 않았기 때문이다. 영원은 이제 모든 게 잘될 거라고 믿었다. 영화도 사랑도 모두다……. 하지만 이상하게도 뭔가를 빼먹은 느낌이 들었다. 그게 뭔지를 영원은 곧 알게 됐다.

덴마크에서 온 편지를 받고 파리행 티켓까지 산 영원이지만, 이번엔 그가 파리에 가지 못했다. 그녀와 만나기로 한 날 영원은 홀로 장례식장을 지키고 있었다.

#

오늘도 영원은 5시 15분 카메라 셔터를 누른다. 누군가 만약 이 모든 사실을 알게 되더라도 대체 그게 이제 와 무슨 의미가 있냐고 물을지 모른다. 물론 한때의 사랑으로 평생을 사는 남자는 아무 의미도 없다고 대답할 거다.

Not alone

　하루가 극장 주변 길고양이들의 밥 자리를 챙겨놓고 사무실로 돌아와 자리에 앉으면 업무 시작 시각까지는 아직 30분 정도 여유가 있다. 하루는 음악을 틀어놓고 은하극장 블로그에 글을 쓴다. 포스팅 제목은 〈하루의 극장일기〉. 오늘은 어제 본 영화에 관해 쓴다. 글을 쓰는 건 쉬운 일이 아니지만 좋은 영화를 보고 나면 저절로 알아서 첫 문장이 써졌다.

　"많은 사람들이 침묵할 기회를 놓쳐서 많은 걸 잃었단다."

　아일랜드 소설이 원작인 영화 〈말 없는 소녀〉를 보고 나서 하루는 말 없는 자신과 침묵할 수 있을 때 침묵하지 못해 많은 걸 잃어야 했던 엄마, 그리고 말없이 떠난 아빠를 떠올렸다. 엄마와 아빠가 생각난 건 꽤 오랜만의 일이었다.

#

극장이 문을 열고 얼마 되지 않았던 시절, 하루는 극장에 혼자 있으면서 종종 묘한 기분이 들곤 했다. 뭐라고 딱 꼬집어 설명할 수는 없으나 극장 문을 밀고 들어서는 순간, 마치 시간이 사라진 느낌이라고 해야 하나? 극장에 머무는 동안은 과거도 현재도 미래도 없어졌거나 혹은 동시에 머무는 것 같은 느낌이 들었다. 어쩌면 하루가 최애 영화로 꼽는 SF영화 탓인지도 몰랐다.

영화의 내용은 이랬다. 어느 날 세계 주요 도시에 외계에서 온 비행체가 등장한다. 그들은 어디서 왔고 왜 왔을까. 인류는 공포와 궁금증에 휩싸이고 언어학자와 물리학자를 보내 외계 생명체와 소통을 시도한다. 하루가 흥미를 느낀 부분은 언어학자의 이야기였다. 우리의 언어는 선형적이어서 시간의 순서에 따른다. 왼쪽이든 오른쪽이든 한쪽에서 시작해 다른 쪽 방향으로 이어지다 마침표를 찍게 된다. 반드시 처음이 있고 끝이 있다. 그런데 헵타포드라 불리는 외계인의 언어는 비선형적이어서 과거와 현재 미래가 순서대로 일어나지 않는다. 그래서 그들의 문자는 처음도 없고 끝도 없는 원형의 형태를 띠었다. 영화 속 언어학자 루이스는 미래를 이미 알고 있는 외계인의 언어를 습득한 뒤 마침내 그들처럼 자신도 과거와 현재, 미래를 함께 보게 된다.

하루는 은하극장에 출근한 첫날, 일종의 아주 강렬한 기시감을 느꼈다. 갓 칠한 페인트 냄새가 채 빠지지 않은 새로 지은 극장이었지만 하루는 낯설기는커녕 아주 오래전부터 이곳에 있던 사람처럼 마음이 편했다. 실제로 어디에 뭐가 있는지 몰라야 정상이었지만 하루는 자연스레 화장실과 창고와 그리고 사무를 볼 공간을 단 한 번의 머뭇거림 없이 찾아 들어갔다. 그래서 하루는 자신이 이미 여기 와본 게 아니었을까 생각했다. 과거와 현재, 미래가 순차적으로 일어나지 않고 하나의 원 안에서 시작과 끝이 구별 없이 존재하는 헵타포드의 언어와 세계관이라면 하루에게도 충분히 가능한 일이었다. 그러니까 하루가 처음 극장에 와서도 낯설지 않았던 이유는 과거가 아닌 미래를 기억했기 때문이 아닐까. 그리고 실제로 몇 년의 시간이 흐른 어느 날, 그날 하루가 느낀 기분은 '현재'가 되었다.

출근 첫날, 하루의 책상 위에는 직접 건네지 못해 미안하다는 편지가 담긴 축하 화분이 놓여 있었다. 극장주가 보낸 것이었다. 하루는 화분의 꽃을 바라봤다. 의례적이기는 하지만 꽃 선물을 받은 건 처음이었다. 짙은 보랏빛을 띤 꽃인데 이름은 몰랐다. 코를 가까이 가져가자 짙은 향기가 났다. 하루는 핸드폰을 꺼내 사진을 찍고, 극장 안에서 종일 햇살이 잘 드는 곳을 찾아 자리를 만들어주었다. 창을 열자 기다렸다는 듯 바람이 입장했다.

"예쁘네."

하루가 화분에게 말했다. 화분에게 건넨 말이니 혼잣말은 아니었다.

"예쁘죠?"

이번에는 뒤돌아 말했다. 물론 거기에는 아무도 없다. 그런데 언제부턴가 혼잣말인데도 누군가 듣고 있는 것만 같은 기분이 들었다. 사실 하루에게는 흔한 행동이었다. 하루는 어렸을 때부터 집에 혼자 있으면 보이지 않는 존재들과 종종 이야기를 나누곤 했다.

"화분에 이름을 지어주려는데. 마틸다, 어때요?"

하루는 장난스러운 표정을 지으며 웃었다. 그리고 화분을 향해 말했다.

"마틸다. 우리 앞으로 잘해보자."

하루는 전날 꿈을 꿨다. 꿈속에서 하루는 〈시네마 천국〉의 토토가 되어 있었다. 하지만 은하극장에는 토토와 알프레도가 정담을 나누던 공간은 없다. 영사기는 규격에 맞춘 상자 안에 들어 있고, 영사기를 컨트롤하는 기계는 사무실에 있다. 그곳에서 연결된 컴퓨터로 원격조종을 한다. 하루가 다음 날 상영 영화와 시간을 세팅하면 극장의 영사기는 스스로 알아서 영화를 틀고 극장 안에 조명도 끄고 켰다. 원칙적으로 극장에는 자격증 있는 영사기사가 있어야 하지만 은하극장처럼 작은 규모의 단관 예술극장이라면 누구든 간단한 영사 교육을 수료한후 영사기사 역할을 할 수 있다. 그렇게 극장은 〈시네마 천국〉의 낭만을 잃은 대신 편리함을 얻었다.

[은사모 정기 상영회]

함께 볼 영화: 〈로봇 드림〉 (감독 파블로 베르헤르)

일시: 2024. 5. 4. PM 7:00

시놉시스: 외로운 강아지 '도그'는 직접 조립한 '로봇'과 둘도 없는 친구가 되지만, 해변에서 즐겁게 논 후 로봇이 고장 나 움직일 수 없게 됩니다. 도그는 로봇을 다시 만나기 위해 온갖 노력을 하지만, 로봇은 그 자리에서 도그를 기다리며 꿈과 현실을 오갑니다. 과연 도그와 로봇은 다시 만나 행복해질 수 있을까요?

영화 감상 후 간단한 후기 공유 시간을 갖습니다. 많은 참여 바랍니다. 참고로 손수건 지참은 선택입니다. (손수건 지수 85)

은사모는 경수의 제안으로 만들어졌다. 팬데믹이 종료된 후에도 극장은 좀처럼 활기를 찾지 못했다. 프로 백수를 자처하며 동네 자영업자들을 상대로 홍보 컨설팅을 하고 다니던 경수는 매일 아침 은하극장으로 출근해 조조할인 영화를 봤다. 대부분 그 시간대 관객은 경수 혼자였다. 일주일째 되던 날 경수는 하루에게 악수를 청하며 말했다.

"구경수라고 합니다. 제가 은하극장 때문에 이 동네로 이사를 왔습니다. 이건 제 포트폴리오고요, 뒤에는 제안서가 들어 있습니다. 보고 마음에 드시면 연락주세요."

하루는 경수가 건넨 제안서를 검토한 후 이메일로 극장주에게 공유했다. 다음 날 극장주에게서 연락이 왔다. 제안서에서 프로의 냄새가 난다며 충분히 보상해주고 원하는 걸 하게 하라고 했다. 그리고 아무래도 은하극장에 귀인이 찾아온 것 같다는 말을 덧붙였다.

"저는 은하극장이 너무 좋아요. 동네에서 집만 나서면 코 닿을 거리에 이런 영화관이 있다는 건 진짜 엄청난 문화적 혜택이거든요. 이제부터 그걸 알려야죠."

경수는 아이디어도 있고 행동력도 갖춘 사람이었다. 하루는 아이디어는 있었으나 항상 구체적 행동 단계에서 벽에 부닥치곤 했다. 결과적으로 은하극장과 하루에게 경수는 귀인이 맞았다. 경수는 당장 하루가 매주 블로그에 올리는 상영작 소개

와 리뷰를 은하레터라는 이름의 메일링 서비스로 바꾸자고 제
안했다. 그리고 오프라인 소식지도 만들자고 했다. 이미 디자
인 시안까지 준비가 끝나 있었다. 그 대가로 경수가 요구한 건
은하극장의 영화를 아무 때고 무제한 볼 수 있는 프리패스 티
켓이었다. 하루는 난색을 표했다. 하는 일에 비해 대가가 너무
적어서였다. 그리고 이미 극장주에게 컨펌을 받았다며 합당한
보수를 지급하겠다고 했다. 경수는 잠시 생각하더니 어깨를
으쓱하며 말했다.

"그럼 홍보 효과가 객관적으로 어느 정도 확인된다 싶으면
그때 제대로 보상을 받기로 하죠."

경수는 이런 동네에 이런 극장을 지은 사람이 평범하지는
않을 거라고 생각했다. 본 적 없는 극장주도 또 극장 운영을 도
맡아 하는 하루도 자신이 예전에 일하던 직장에서 보던 사람
들과는 결이 달라 마음이 놓였다.

"일단 하루 님도 은사모에 가입부터 하세요."

"은사모요? 그게 뭔가요?"

"은하극장을 사랑하는 사람들의 모임이요."

이튿날 경수는 은사모 초대회장에 취임했다. 초대회원은 경
수와 하루 그리고 영원까지 셋이었다.

- 함께 본 영화: 〈로봇 드림〉 (감독 파블로 베르헤르)
- 외로운 도그(DOG)는 사랑했던 로봇과 예기치 않은 이별 후 서로를 그리워하며 각자의 삶을 살아간다. 그리고 마침내 오랜 시간이 흘러 재회의 기회가 오지만, 로봇도 도그도 이젠 서로의 미래를 위해 각자의 길을 갈 수밖에 없다.
- 일시: 2024. 5. 4. PM 7:00
- 참석: 34명
- 익명 한 줄 평

↳ 차라리 만나지 말지. 가슴 아픈 이별보다는 차라리 혼자 외로운 게 낫다.

↳ 이것은 우정일까? 사랑일까?

  ↳ 그게 중요해?

↳ 사랑은 혼자 할 수 있는 것들을 굳이 둘이서 함께하는 것. 물론 그럼 재밌긴 하지.

↳ 현대사회의 고독과 소통의 부재를 로봇이라는 매개를 통해 날카롭게 꼬집는 수작.

↳ 〈라라랜드〉가 생각났다.

↳ 대사가 없어도 그림과 음악만으로 모든 감정이 전달된다. 내

겐 올해 최고의 영화.

↳ 모든 관계에는 시작과 끝이 있다. 그리고 끝은 또 다른 시작
이다.

영원은 7시가 가까워질 때까지만 해도 상영회에 갈까 말까
망설였다. 세탁소 일을 도우러 오는 경수 때문에 억지로 가입
한 은사모가 아직은 그렇게 편하지 않았다. "너의 젊음이 너의
노력으로 얻은 상이 아니듯, 내 늙음도 내 잘못으로 받은 벌이
아니다"라는 소설 속 문장이자 영화 속 대사도 있긴 하지만 그
래도 영원은 그 모임에서 자신이 가장 연장자라는 게 왠지 부
끄러웠다. 하지만 역시나 그럴까 싶었는지 경수가 10분 전 들
이닥쳤다. 영원은 못 이기는 척 세탁소 문을 닫고 경수를 따라
나섰다.

영화가 끝나고 그 자리에서 은사모 회장 경수의 사회로 영
화 감상을 공유하는 시간이 있었다. 영화가 좋다는 입소문이
돌아서였는지 은사모 회원들 말고도 일반 손님들이 꽤나 들어
왔다. 그들은 영화가 끝나고 서로 이야기를 나누는 시간이 있
다는 사실을 알고는 흥미로운 듯 자리를 지켰다.

"질문해도 되나요? 그럼 누가 대답해주죠?"

"대답하고 싶거나 하실 수 있는 분이 대답하시면 됩니다."

“이 영화는 사랑에 대한 영화인가요? 우정에 대한 영화인가요?”

“그건 보는 사람 입장에 따라 다른 거 같습니다. 사랑으로 보면 사랑으로 읽히고 우정으로 봐도 전혀 무리가 없다고 생각합니다. 감독이 애니메이션으로 만들면서 동물을 의인화한 것도 대놓고 사랑이니 우정이니 하는 인간의 기준과 잣대로만 보이게 하지 않기 위함이 아니었을까요? 사랑이면 어떻고, 우정이면 어떤가요. 중요한 건 마음이죠. 서로를 위하고 끝내 잊지 못하는 그 마음이요.”

“저도 그렇게 생각해요. 도그와 로봇의 관계가 사랑이든 우정이든 그게 중요한 게 아니라 정말 여기서 중요한 건 그들의 관계는 이미 지나간 일이라는 거예요. 그리고 지금 곁에는 또 다른 누군가가 있죠. 저는 그게 더 중요하다고 생각해요.”

“좀 다른 얘기인데 제가 볼 때는 둘 중 로봇이 만난 상대가 좀 더 각별해 보였어요. 너구리였죠? 망가진 로봇을 고쳐준 장본인이니까요. 사실 따지고 보면 도그는 로봇에게 해준 게 없어요. 자기 외롭다고 주문해서 같이 좀 놀다가 망가뜨렸잖아요. 그리고 노력을 안 한 건 아니지만 어쨌든 결과적으로 바닷가에 방치했고요. 로봇은 그곳에서 팔다리가 잔인하게 뜯겨 나가며 혹독한 겨울을 보내야 했고요. 고의든 아니든 용서할 수 없는 일이죠.”

"그건 좀 심하지 않나요? 도그가 로봇을 망가뜨린 건 아니잖아요."

"직접 망가뜨린 건 아니지만 사용 설명서만 제대로 챙겨 봤어도 바닷물에 들어가 뛰어놀게 두지는 않았겠죠. 로봇이 그렇게 된 건 도그의 무신경 탓이에요. 거기에 비하면 너구리는 다르죠. 고철 덩어리 불구 신세가 된 로봇을 거두고 더 멋지게 만들어줬잖아요. 그리고 로봇과 같이 야구를 보고 전망 좋은 루프톱에서 불꽃놀이를 구경하고 맛있는 고기를 구워주는 걸 보면 로봇 입장에선 너구리야말로 진짜 만났어야 할 운명의 배우자였던 거예요. 좀 더 심하게 말할까요? 도그는 로봇과 계속 살았으면 아마 싫증을 내고 더 재미있는 로봇으로 업그레이드를 했을지도 몰라요.

"수연 님, 그건 너무 비약 같은데요. 그리고 동심 파괴고요."

"비약이 아니라 그냥 제 생각이에요. 그리고 동심 운운할 나이는 아니시지 않나요?"

"전 일단 재미있게 봤습니다. 원래 영화란 게 그래요. 감독이 보여주고 싶은 것만 보여줘요. 하지만 종종 관객은 감독이 보여주지 않은 것도 보죠. 저는 그런 영화가 좋은 영화라고 생각합니다. 그러니까 이 영화도 좋은 영화에 속한다고 봐야겠지요. 그리고 저는 아무래도 우정보다는 사랑이라 생각하며 본 거 같아요. 그리고 수연 님 말씀에 크게 공감을 했어요. 도그는 로봇과 짧은 추억을 함께 나눴어요. 거기에 비하면 너구리는 로봇을 고쳐줬고 앞으로 더 많은 시간을 함께하며 추억을 쌓아나갈 거란 기대가 들어요. 하지만 그렇다고 해서 로봇을 그리워하는 도그의 마음까지 재단할 필요는 없겠지요. 도그가 로봇을 주문한 건 그저 외로움을 덜어보려는 가벼운 마음이었을 거예요. 그렇다면 로봇을 해변에서 잃은 후에도 같은 모델의 로봇을 그냥 주문하면 되는 거였어요. 하지만 그러지 않았죠. AMICA 2000이라는 모델명의 로봇은 수십 대에서 수백 수천 대가 더 있을지 모르지만 도그와 추억을 함께 만든 로봇은 단 하나니까요. 저는 영화 후반부에 맨해튼 하늘에 불꽃놀이가 펼쳐질 때 서로가 다른 장소에서 같은 불꽃놀이를 보는 장면이 좀 뭉클했어요. 같은 시간에 다른 상대와 함께 있지만, 그 순간 서로를 생각하고 있다면 그건 함께 있는 거나 다름없지 않을까. 설사 그렇지 않더라도 위로가 됐어요. 사랑한다고 꼭 같이 있어야만 하나요? 보지 못하고 그리워하면 그리워하는 것만으로도 가치가 있다고 저는 생각해요."

"그리워하는 것만으로도 가치는 있지요. 하지만 볼 수 없다는 건 슬퍼요."

"저는 마지막에 나오는 도그의 새 반려 로봇 말이에요. 틴 로봇이라고 할게요. 그러니까 바닷가에 간 도그가 틴 로봇이 물에 빠지지 않게 막아주고 자신이 바다 쪽으로 서는 장면 기억나세요? 저는 그 장면에서 잘 참다가 눈물이 터졌어요. 아까 수연 님은 도그가 애초에 사용 설명서만 잘 읽었어도 로봇이 그렇게 되지 않았을 거 아니냐고 했는데요, 맞아요. 하지만 우린 누구나 다 실수를 하잖아요. 도그는 처음이라 서툴러서 실수한 거고 그래서 두 번째 만난 틴 로봇을 또다시 같은 이유로 잃지 않으려고 한 거예요. 저는 그게 사랑이라고 생각해요.”

“그니까요, 제 말은 그런 배려심과 사랑은 왜 새로운 사람한테만 적용되냐는 거예요. 그럼 과거의 사랑이 너무 불쌍하고 안됐잖아요.”

“답을 말씀드릴까요? 인간이니까요. 인간이 원래 그래요.”

“인간이 원래 그렇다는 건 너무 슬프네요.”

“슬픔도 인간이니까 느끼는 거죠.”

“……..”

“영화적으로는 어땠나요? 연출적인 부분이라든가 말씀해주실 분 있을까요?”

“로봇이 우연히 길에서 도그를 발견하고 쫓아가는 장면에서 조금 놀랐어요. 그 씬 연출이 너무 좋더라고요. 로봇이 막 쫓아가는데 거리는 안 좁혀지고 그런데 그때 도그가 신호등 앞에서 잠시 멈춰 서잖아요. 아! 그래서 이제 만날 수 있겠구나 하는 그 순간에 로봇 위에 또 다른 로봇의 그림자가 겹쳐지는 바로 그 장면이요. 그리고 로봇이 마침내 도그를 잡아 세우고 포

150

옹하는 순간에 하인즈 케첩 병이 떨어지면서 그 모든 게 다 상상이었음을 알려주잖아요. 솔직히 말하면 아주 새로운 건 아니에요. 실사영화였다면 그렇게 감동받지 않았을지도 모르겠어요. 흔한 연출 클리셰로 보일 수도 있고요. 하지만 오늘 본 영화는 전부 예술에 가까웠어요. 그리고 한 가지 더 얘기해도 될까요? 사랑 말이에요. 사랑하는 이들은 같은 시간, 같은 공간을 함께 공유해야 행복할 거예요. 도그와 로봇은 원치 않은 사고로 이별하고 서로를 그리워하면서도 만나지 못하죠. 그런데 영화는 그걸 가능하게 해줘요. 로봇이 좋아하는 음악을 틀어놓고 춤을 출 때 도그도 그 음악에 맞춰 춤을 춰요. 둘은 다른 곳에 있지만 우리는 2분할 된 화면을 통해 둘이 같은 음악을 배경 삼아 춤추는 걸 볼 수 있어요. 제가 한때 영화를 사랑했던 이유가 그게 아니었나 싶어요. 영화는 현실에서 볼 수 없는 걸 보여주니까요."

"저는 좀 다른 얘기를 할게요. 영화를 보는 내내 같은 생각을 했거든요. 왜 꼭…… 둘이어야 하나. 둘이 아닌 혼자는 불완전한 삶일까? 그런 생각이요."

"혼자라고 불완전한 삶은 아니죠. 다만 또 인간 얘긴데 인간이 그런 거 같아요. 우리가 죄를 지으면 감옥에 보내잖아요. 근데 그 감옥에서조차 또 잘못을 저지르면 어떻게 하죠? 독방에 보내죠? 저는 그게 정말 이상했어요. 교도소에는 거칠고 위험

한 사람들이 많잖아요. 그런 사람들이랑 복작대며 지내는 것
보다 독방이 훨씬 편할 거 같은데 말이에요. 그러니까 인간에
게 혼자인 건 벌과 같다는 거예요.”

“저는 혼자가 오히려 편한 성격이라 기왕에 감옥에 간다면
독방이 더 나을 거 같긴 해요. 그리고 아시는 분은 아시겠지만,
은하극장이 처음 문을 열었을 때 이 극장에는 저 밖에 없었거
든요. 코로나 시절이기도 했고. 꽤 오랫동안 극장에 혼자 남아
일했어요. 온종일 한 마디도 하지 않은 날들도 많았고요. 그래
도…….”

“그래도 외롭지 않았다고요?”

“네. 그런 거 같아요.”

“그건 그냥 하루 님이 외로움이 뭔지 모르는 거 아닐까요?
아니면 알면서도 귀찮아서 모른 척했던가요. 영화에서 도그
도 처음에는 혼자서도 잘 놀았어요. 혼자 게임하고 혼자 영화
보고 혼자 춤추고 노래하고…….하지만 그건 완전하지 않았
던 거예요. 그래서 반려 로봇이라도 찾아 나선 거고 결국 만났
잖아요. 그때부터 도그는 혼자 했던 것들을 둘이서 함께하면
서 전과는 달라져요. 달라졌기 때문에 도그는 사랑하는 로봇
을 잃고도 다시는 혼자였던 그때로 돌아갈 수 없었던 거예요.
그래서 더 슬프지 않았나? 하루 님도 마찬가지예요. 혼자 있는
게 외롭지 않아서가 아니라 그냥 익숙해져 있는 거 아닌가요?

혹시라도 여럿이 됐다가 다시 혼자가 될까 두려운 건 아니고
요?”

“음…… 그건 외로움과 고독의 차이 같네요.”

“네? 둘은 어떤 차이가 있죠?”

“원하느냐 원치 않느냐의 차이죠. 그럼 하루 님은 고독하신
건가?”

“근데 저기요. 죄송하지만 저를 아시나요? 아까 제 이름을
부르셨는데…….”

그러고 보니 대화 내내 객석 끝자리에 보스턴 레드삭스 야
구 모자를 눌러 쓰고 앉은 일반 관객 여자가 유독 하루에게 말
을 걸었고, 게다가 이미 하루의 이름도 알고 있었다. 그때 레드
삭스 야구 모자가 돌연 모자를 벗었다. 그리고 하루에게 말을
걸어왔다.

“잘 지냈어? 나야, 하루.”

오겐키데스카

그땐 왜 몰랐을까? 그게 내 이야기라는 걸.

은하극장의 소식지 은하레터는 온라인은 주간 단위로 업데이트되고 오프라인은 한 달에 한 번 발행된다. 내용은 크게 세 개의 꼭지로 이루어진다. 개봉작을 포함한 한 주의 상영작 소개 글은 하루가 맡아 쓰고 있고, 경수는 온오프라인 공히 디자인과 함께 '프로 백수의 영화일기'라는 타이틀로 매주 영화 리뷰를 연재했다. 그리고 마지막 꼭지 '은하노트'는 극장주가 하루를 극장 매니저로 뽑으면서 매달 재개봉 기획전을 해달라며 건넨 영화 노트에 담겨 있던 글들이다. 하루의 고교 동창인 또 다른 하루가 댓글로 말을 걸어온 건 은하노트에 소개된 〈러브레터〉 리뷰에서였다.

안녕하세요, 은하극장지기 하루입니다.

아시다시피 은하극장은 매월 셋째 주에 재개봉작 기획전을 엽니다.

이번 달 상영작은 이와이 슌지 감독의 1995년 작 〈러브레터〉입니다.

관심 있으신 분들은 은하노트의 재개봉작 리뷰도 꼭 챙겨 보고 가세요.

[은하노트] 잘 지내나요?

기억이란 무엇일까? 내가 〈러브레터〉를 처음 본 건 무려 지난 세기의 일이었다. 그러니까 1999년. 밀레니엄을 코앞에 두고 근거 없는 불안에 떨던 기억이 이젠 희미하게 남아 있을 뿐이다. 아내는 영화를 보고 오타루에 가고 싶다고 했다. 난 흔쾌히 그러자고 했지만 바쁘다는 핑계로 어영부영 세월만 축냈다.

영화가 재개봉한다는 소식을 듣고 아내의 손을 끌고 다시 극장을 찾았다. 그사이 18년의 세월이 흘렀다. 아내와 나는 젊은 날 숱하게 극장을 드나들었고 수많은 영화를 함께 봤다. 어두운 극장 안에서 스크린 너머에 펼쳐지는 세상은 우리 둘만이 공유하는 시간과 추억이 되었다.

그런데 요즘 내 기억은 끊어진 필름처럼 엉망이다. 거울에 비친 내 얼굴조차 낯설 때가 많다. 그럴 때마다 난 아내와 함께 봤던 영화와 장면들을 되새겼다. 아내는 항상 영화에 몰입했고, 그래서 때로는 웃고 때로는 울었다. 아내는 표정이 풍부한 사람이었다. 영화 한 편을 보는 동안 아내의 얼굴은 천 번 만 번 변했고, 난 그 모습을 곁눈질하느라 정작 영화에 집중하지 못한 적이 많았다. 그래서 영화가 끝난 후 아내가 조잘대며 영화 이야기를 할 때 따라가지 못한 적도 있고, 어떻게 영화를 보며 졸 수 있냐는 억울한 의심도 받았지만 그래도 난 그 모든 순간이 즐거웠다. 그런데 이젠 다 옛날이야기가 되고 말았다. 모든 게 희미해져가고 끝내는 사라져가는 중이다.

그래도 다시 본 〈러브레터〉는 여전히 좋았다. 이 나이를 먹고도 풋풋한 첫사랑의 설렘 앞에서는 여전히 마음이 둥실둥실 떠다녔다. 관객에게 자기 나이를 잊게 하는 영화는 좋은 영화다. 시간이 흘러도 변치 않는 애틋한 그리움, 기억 속에 남은 아련한 추억들……. 그런 시절이 아내와 나 사이에 있었다.

영화 속 주인공은 과거의 사랑을 추억하며, 잊힌 기억들을 하나하나 되살려냈다. 그 모습을 따라가며 나도 아내와 함께했던 순간들을 떠올렸다. 처음 만났던 날, 좋아한다는 고백을 했던 날, 평생을 함께하기로 사람들 앞에서 약속한 날, 그리고 우리 사랑의 결실인 아이와 처음 조우하던 날의 경이로움……. 흐릿해져가는 기억 속에서도 아내의 얼굴은 언제나 밝고 따뜻했다. 영화를 보다 옛날 버릇에 스크린 대신 곁에 있는 아내를 바라봤다. 하지만 거기에 내가 알던 아내의 모습은 이제 없다. 아무런 감흥 없는 아내의 얼굴, 밝고 맑은 총기로 채워져 있어야 할 눈망울에는 공허함만 가득했다. 내가 알던 아내는 어디로 간 걸까?

영화가 끝난 후 아내의 손을 잡고 극장을 나서면서 나는 아내의 손에 남아 있는 온기를 느꼈다. 점점 희미해지고 사라져가는 아내의 기억처럼 언젠가는 이 온기마저도 사라지겠지. 하지만 마냥 슬프지는 않다. 그날따라 밤공기가 맑았다. 하늘을 올려다보니 별이 촘촘히 떠 있었다. 문득 오래전 과학 다큐멘터리에서 본 천문학자 칼 세이건의 말이 떠올랐다.

"우리는 별의 물질로 만들어졌다."

우주에 존재하는 모든 물질, 즉 원자들은 빅뱅 직후에 생성된 수소와 헬륨, 그리고 별의 내부에서 핵융합 반응을 통해 생성된 탄소, 산소, 질소, 철 등으로 이루어져 있다. 그런데 우리 인체를 구성하는 원소도 물을 제외하면 나머지는 탄소, 산소, 질소, 수소, 칼슘, 인 등으로 이루어졌다. 그들 중 수소는 빅뱅 직후에 생겨났지만 나머지 무거운 원소들은 모두 별의 핵융합 과정과 초신성 폭발을 통해 우주공간에 흩뿌려진 물질들이다. 그러니까 결국 우리는 태어날 때부터 이미 별의 먼지로 만들어진 존재란 얘기다.

아내가 맞잡은 나의 손을 끌어당겼다. 예전 같으면 또 쓸데없는 잡생각 하고 있었지! 라며 책망했을 거다. 하지만 과거의 아내는 이제 없다.

"집에 가고 싶어."

아내의 손은 따뜻했다. 언젠가는 아내도 나도 별이 될 거다. 그러니까 지금 나와 아내에게 벌어지고 있는 일들은 사실 별일 아니다.

은하노트에 실린 〈러브레터〉 리뷰에는 최다 댓글이 달렸다. 그리고 하루는 그중 어느 댓글에서 스크롤을 멈출 수밖에 없었다.

↳ haru0809 영화도 슬펐지만, 영화에 관한 글이 더 마음을 아프게 하네요. 글 쓰신 분과 아내분이 부디 평온하시기만 바랍니다.

↳ haru0809 글을 읽고 영화를 다시 봤습니다. 사실 〈러브레터〉는 그동안 열 번도 넘게 봤을 거예요. 애초에 제 인생 영화기도 하거든요. 실은 저에게도 영화에서처럼 10대 시절 이름이 같았던 친구가 있었습니다. 그 친구도 영화에서처럼 갑자기 전학을 가버려서 종

종 궁금했는데요. 그런데 그 친구의 자취를 이제 와 이곳에서 발견하게 될 줄은 꿈에도 몰랐습니다. 그 친구가 제가 생각하는 친구가 맞겠죠? 맞기를 바라며 저는 내일 그 친구를 보러 갑니다. 응원해주세요. 사실은 그 친구, 제 첫사랑이거든요.

댓글에는 대댓글과 대대댓글이 줄줄이 달렸다. 전부 다 haru0809의 첫사랑을 응원하는 글이었다. 하루도 그 댓글을 봤다. 댓글의 아이디가 낯설지 않았다. haru0809. 하루는 오래전 기억들이 하나둘 떠올랐다. 같은 반 친구와 이름이 같아서 벌어졌던 다소 불편했던 기억들. 어쩌면 추억이라 부를 수도 있었을 지난날들이 빙글빙글 도는 LP판처럼 다시 재생되는 중이었다. 그리고 하루는 뒤늦게 깨달았다. 하루와 이름이 같아서 겪었던 일들이 영화 〈러브레터〉 속 이야기와 아주 흡사하다는 것을. 세상 모든 현실에 자신이 본 영화를 끌어다 붙이는 재주를 가진 하루가 정작 자기 자신과 이름이 같았던 친구와 고등학교 시절 있었던 일에는 그러지 못한 거다.

혹시나 했던 예감은 역시나 맞았다. 아이디 haru0809는 그 시절 이름이 같았던 친구였다. 그리고 댓글에 예고한 대로 다음 날 정말 극장을 찾아왔다. 은사모 정기 상영회가 있던 날이었다. 하루는 자신과 이름이 같았던 하루를 보고 당황스러웠지만 어쩐 일인지 반가운 마음이 더 컸고 또 그런 자신이 자신 같지 않아 낯설고 놀라웠다.

"많이 변했다. 난 너 하나도 안 변했을 줄 알았거든."

"그래? 나 그대론데."

"무슨 소리야. 그대로라니. 너 고1 때 키순으로 8번이었어. 근데 그때보다 키가 10cm도 더 큰 거 같은데?"

"……."

"그리고 지금은 어른 같아. 그땐 애였는데."

하루는 밝게 웃었다. 그리고 이내 멋쩍은 표정을 지었다.

"나 여기 엄청 용기 내서 온 거야. 너 나 싫어했잖아."

"내가 널 싫어해? 그건 아닌데."

"아니라고? 정말?"

"그때 난 그냥 별일도 아닌 이름 때문에 다른 아이들한테 주목받는 상황들이 좀 불편했어. 아니 많이 불편했지. 내가 성격이 좀 그래. 근데 그게 네 탓은 아니니까. 널 싫어한 건 아니야."

널 싫어한 건 아니라고 한 건 하루가 나름 용기를 내어 한 말이었다. 일부러 찾아온 옛 친구의 마음을 가볍게 해주고 싶었다. 이제 하루는 어른이니까. 그런데 정작 친구의 반응은 기대했던 것과는 좀 달랐다.

"아냐. 내 탓이야. 나 일부러 그런 적 많아. 번호만 적으면 오해 없을 일에 일부러 반이랑 이름만 적고 번호는 빼먹어서 너랑 나랑 헷갈리게 만들었어."

하루는 하루를 빤히 바라봤다. 뭔가 할 말을 찾는 얼굴이었다. 그리고 이윽고 찾은 듯 입을 열었다.

"그땐 어렸잖아. 어차피 옛날 일이고. 그러니까 이제 괜찮아."

"고마워. 그렇게 말해줘서. 근데 어리기도 했지만 다른 이유가 있었어."

하루는 그 짧은 순간 불길한 상상을 했다. 댓글의 내용이 거짓이라면, 자신과 이름이 같은 하루가 알고 보니 자신이 주목받는 데 취약하다는 걸 알고 단지 괴롭히고야 말겠다는 악의를 갖고 이름으로 장난을 쳤다는 게 그 시절의 진실이라면, 그건 너무 슬픈 일이었다. 상상은 빠르게 상상을 불렀다. 만약 그때 아빠의 죽음이라는 사건이 없었다면 그래서 엄마의 신념이 바뀌지 않았다면 하루는 갑작스레 전학 갈 일이 없었을 테고, 그랬다면 이름이 같은 하루와 학교를 계속 다니면서 그 의미 없는 장난질에 고통받으며 악몽 같은 학창 시절을 보내게 됐을지도 몰랐다. 그런데⋯⋯.

"나 너 좋아했었어. 그래서 그런 거야. 유치하지?"

하루는 은하극장에 온 후로 잘 세공된 톱니바퀴처럼 착착 돌아가는 자신의 일상에 만족했고 그런 예외 없는 하루하루를 사랑했다. 다람쥐 쳇바퀴 도는 일상이지만 하루는 그런 보통의 일상이 싫지 않았다. 아니 무척 좋았다. 적어도 하루가 찾아오기 전까지는 그랬다.

"정말 몰랐어? 내가 너 좋아한 거?"

하루는 고백했다. 그 시절, 자신과 이름이 같은 하루를 좋아했다고. 마침 영화 〈러브레터〉를 보고 난 후이기도 했다. 하루는 매일 아침 등교해 하루를 볼 때마다 영화가 떠올랐고 그때만큼은 자신이 영화 속 주인공이 된 것 같았다고 했다. 그래서 일단 하루의 관심을 끌기 위해 이름을 갖고 장난을 쳤다. 대부분 유치한 장난에 가까웠지만, 그 나이니까 허용될 수 있는 수준이었다. 그런데 막상 하루의 반응은 기대했던 것과는 달랐다. 그것도 너무 달랐다. 하루는 공부만 잘했지 소심하기 짝이 없었다. 하루는 자신의 기대와 달리 하루가 반응을 보이지 않자 점점 더 장난의 수위를 높였는데 그럴수록 하루는 점점 멀어져만 갔다.

뒤늦게 자신의 전략이 잘못되었음을 깨달았을 때는 이미 기회를 놓친 후였다. 하루가 학교에 나오지 않았다. 나중에 알고 보니 사고로 아빠를 잃었다고 했다. 일주일쯤 지나 하루는 다시 학교에 나왔지만, 종일 책상에 엎드려 잤다. 그리고 며칠 후 담임 선생님은 하루가 전학 갔다는 소식을 전했다. 하루는 하루에게 미안하단 말도 못 한 것이 오래도록 가슴에 아프게 남았다.

하루의 엄마는 일본 사람이었다. 고향이 오타루는 아니고 홋카이도였지만 아무튼 한국이 좋아서 어학연수를 왔다가 아빠를 만나 결혼했다고 한다. 첫 딸을 낳고 한글 이름으로도 또 일본 이름으로 불려도 좋을 이름을 찾다가 하루라고 지었다고 했다. 하루(はる)는 일본말로 봄을 의미했다.

하루도 어린 시절 엄마에게 자신의 이름을 지은 뜻을 물은 적이 있다. 엄마는 하루를 낳고 인생에서 가장 행복했던 어떤 하루를 떠올렸다고 했다. 그 행복했던 하루가 평생 이름으로 불리면 하루하루가 행복해지지 않을까 그런 마음이었다고 했다. 하지만 하루는 엄마의 기대와 달리 하루하루가 불행하다 느끼며 산 적이 훨씬 더 많았다.

"나 자주 와도 돼?"

다시 만난 하루가 하루에게 물었다.

"극장?"

"응, 극장. 물론 영화도 볼 거지만 너도 보고."

"응."

"응, 이라고 한 거야?"

"어. 왜?"

"내가 너 좋아한다고 했는데 부담스럽지 않아?"

"옛날얘기잖아."

"아닌데? 나 지금도 너 좋아해."

"근데 넌 그런 얘기를 그렇게 쉽게 해?"

"쉽게 하는 거 아니야. 쉬운 척하는 거지. 안 그럼 못 하니까. 옛날 그때처럼 또 기회를 놓쳐서 고통받고 싶지 않아. 아무리 짝사랑이지만."

하루는 그 와중에도 버릇을 못 버리고 짝사랑을 소재로 한 영화들을 머릿속에 떠올렸다. 〈러브레터〉 말고도 이와이 슌지 감독에게는 〈하나와 앨리스〉와 〈4월 이야기〉가 있었고 〈오늘 밤, 세계에서 이 사랑이 사라진다 해도〉 같은 일본영화들과 〈그 시절, 우리가 좋아했던 소녀〉 같은 대만 청춘영화가 감자 넝쿨처럼 줄줄이 딸려 올라왔다. 〈플립〉과 〈렛 미 인〉도 소년 시절의 짝사랑 영화로 소환됐고, 귀여운 〈아멜리에〉도 짝사랑 카테고리에 묶을 수 있을 거 같았다. 그밖에 한국영화로 한정하면 역시 최고의 짝사랑 영화는 〈클래식〉이 아닐까? 하루는 조만간 극장에서 짝사랑 영화 기획전 같은 걸 해봐도 좋겠다고 생각했다. 그런데 따지고 보니 짝사랑이 소재인 영화는 새드 엔딩이 없진 않지만 그래도 대부분 짝사랑으로 시작될 뿐 결국에는 짝사랑이 아니었거나 극복하는 것으로 끝이 났다.

"근데 왜 넌 짝사랑이라고만 생각해?"

하루가 하루에게 말했다.

하늘은 인간적이지 않아

"친구는 어때? 꼭 연인이어야 할 필요는 없잖아."

그 말을 들었을 때 경수는 발끈했다.

"그게 말이 돼?"

"왜 말이 안 돼?"

"난 연인이 필요한 거지, 친구가 필요한 게 아냐."

"그러니까 그 둘이 뭐가 다르냐고."

"그걸 몰라서 물어? 친구가 아무리 좋아도 막 안고 싶고 자고 싶고 그런 마음이 들진 않아."

"고작 그 차이야?"

"고작이라고 했어?"

경수는 고작이라는 말에 그만 발작 버튼이 눌렸고, 후회했을 때는 이미 늦었다는 걸 안 후였다. 헤어지자는 말이 나온 건 그로부터 일주일이 지나서였다. 바로 다음 날이었다면 또 이러는구나 싶었을 텐데 연락 없는 며칠이 속절없이 흘러가자 경수도 내심 불길한 예감이 들었다. 뒤늦게 사태의 심각성을 알아챈 경수는 그때 한 말 때문이냐며 농담이었다고 했지만, 사실 경수도 조금은 지친 상태였다. 3년 동안 그녀로부터 "이제 그만 헤어져"라는 말을 300번도 넘게 들은 후였다. 하지만 결국 그녀를 떠나보낸 후 경수는 후회했다. 친구라도 될 걸 그랬다고. 고작 그녀를 안을 수 없고 고작 그녀와 잘 수 없어도 그저 보고 싶을 때 5할의 확률로 볼 수만 있다면 그 정도는 충분히 감내해야 했다. 그녀를 사랑했으니까, 마땅히 그래야 했다. 경수는 그녀와 처음 만났던 그 강렬했던 순간을 기억했다.

"하늘은 인간적이지 않아."

뒤돌아보지 않을 방법이 없었다. 경수 또래의 여자와 남자가 마주 앉아 있었다. 카페 안에 손님은 많지 않았고 그래서 둘의 대화는 또렷하게 들려왔다.

"그게 무슨 소리야! 하늘이 뭐가 어떻다고? 도대체 그게 나랑 헤어지겠다는 거랑 무슨 상관인데!"

남자는 자기도 모르게 큰 소리를 냈지만, 여자는 그러거나 말거나 담담한, 아니 조금은 한심한 얼굴로 일어섰다.

"넌 너한테 맞는 사람을 만나. 그게 난 아니니까."

여자는 돌아서 나갔고, 경수는 보후밀 흐라발의 소설 문장을 일상에서 읊어대는 그녀를 본 순간 빛보다 빠르게 사랑에 빠졌다. 일종의 운명이었다. 경수는 어디서 그런 용기가 났는지 카페에서 미팅 중이던 고객사 직원을 자리에 남겨둔 채 여자의 뒤를 쫓아 나갔다. 여자는 걸음이 빨랐다. 경수는 50m는 족히 뛰듯 달려간 후에야 여자 앞을 가로막을 수 있었다.

"흐라발 맞죠? 하늘은 인간적이지 않아. 보후밀 흐라발의 『너무 시끄러운 고독』이요. 일부러 들은 건 아니고요, 좀 전에 카페에서요. 제가 정말 좋아하는 책이거든요."

"그래서요?"

"네? 그래서…… 음…… 왠지 저랑 그쪽이랑 잘 맞을 거 같아서요."

여자는 어이없는 얼굴로 경수를 빤히 쳐다보더니 곧 풉, 하고 웃음을 터뜨렸다. 그런데 그 순간 경수는 그녀의 웃음기 섞인 얼굴이 어쩐지 낯설지 않았다. 어디서 봤지? 우리가 만난 적이 있나? 분명히 봤는데…… 기억을 떠올리려는 순간 생각이 났다. 바로 10년 전, 국토 정중앙에 자리한 강원도 양구 꼬라데이에서 3년의 인고의 세월을 버텨내고 마침내 대학에 합격해 다시 서울로 올라온 날이었다. 경수가 처음 한 일은 극장에 가는 것이었다. 그리고 그날 무작정 가장 빠른 회차를 골라 본 영화. 그 영화에서 봤다, 그녀를. 그러니까 그녀의 이름은…… 썸머였다.

모든 사랑에 빠진 남자에게 여자는 특별할 수밖에 없지만, 경수에게 썸머는 특별함 그 이상이었다. 그녀는 지적이면서 유머러스했고 게다가 남들에게는 없는 능력이 있었다. 일종의 초능력이라 불러도 좋을 그것을 누군가는 '신기'라고도 했다. 그러니까 그녀는 종종 앞날에 벌어질 일을 미리 본다고 했다. 그래서 아직 벌어지지 않은 일을 얘기하면서 과거형을 쓰는 묘한 버릇까지 있었다. 경수가 프러포즈를 염두에 둔 사랑 고백을 했을 때의 반응도 그랬다. 놀라거나 좋아하는 대신 그녀는 올 게 왔다는 표정으로 얕은 한숨부터 내쉬었다.

"미안. 놀라지 않아서 서운하지? 그런데 자기를 위해서도 이제 이 얘기는 해야 할 거 같아."

그리고 그녀는 자신이 본 미래의 풍경을 담담하게 들려줬다.

"난 카페에 앉아 책을 보며 누군가를 기다리고 있어. 그리고 얼마 안 있어서 그가 와. 그는 회의가 늦게 끝났다며 기다리게 해서 미안하다고 말해. 그 사람은 내 남편이야. 그러니까 아쉽지만 자기랑 나랑은 이루어지지 않았어. 그게 우리의 미래야."

경수는 어이가 없었다.

"너 이거 표절이야! 내가 그 영화를 안 봤을 거 같아?"

그녀의 대사, 아니 그녀가 한 말은 영화 〈500일의 썸머〉에서 주인공 썸머가 했던 대사였다. 토씨 하나 틀리지 않은 건 아니지만 그 정도면 거의 같다고 봐도 무방했다. 평소 장난기가 많은 그녀였고 그게 그녀만의 매력이기도 했지만 그렇다고 진심이 담긴 사랑 고백에 대한 답을 표절 따위로 해서는 안 된다고 생각했다.

"표절? 뭔 뚱딴지같은 소리야!?"

그녀가 영화를 봤는지 안 봤는지는 알 수 없다. 안 봤다고 했으니 안 본 게 진실일 거다. 경수는 썸머 아니 그녀와 3년간 만났다. 만나는 내내 자주 위기가 닥쳤고, 500일 즈음에는 아주 큰 위기가 도래했지만 두 사람 중 조금 더 사랑하고 조금 더 아쉬움이 많은 이의 노력 덕분에 다시 500일을 연장할 수 있었다. 하지만 사귀는 내내 입버릇처럼 우린 결국 이별하게 될 거라는 그녀의 예언을 경수는 결국 뒤집지 못했다.

경수는 그때만 해도 꽤나 잘나가는 메이저 증권사에서 펀드매니저로 일했다. 자신의 성격과 직업이 잘 어울린다고는 할 수 없었지만, 아빠의 인생 실패로 덩달아 시골로 쫓기듯 이사했을 때 경수의 장래희망은 일찌감치 정해졌다. 사람들이 좋다고 인정하는 좋은 대학에 가고 취업에 상대적으로 유리한 과를 선택하고 그 후에는 안정적이고 고소득이 보장된 직업을 갖는 것. 거기에 자신의 취향이나 희망, 꿈 같은 건 고려되지 않았다. 펀드매니저는 그렇게 됐다. 처음에는 잘한 선택이라여겼다. 아빠가 평생 야금야금 진 빚을 경수는 입사 후 3년에 걸쳐 다 갚아주었다. 온갖 직장 내 스트레스를 받아넘기고 주말도 없이 전 세계 증시 현황을 밤샘 체크하며 일궈낸 성과였다. 경수는 입사 동기 중 가장 실적이 좋은 유능한 펀드매니저였다. 그 덕분에 경수의 아빠는 평생 벗어나지 못했던 채무 스트레스에서 마침내 벗어날 수 있었다. 그날 아빠는 경수에게 전화를 걸어 고맙고 면목이 없다고 했다. 말소리는 떨렸고 울음이 섞여 있었다. 시간 날 때 한번 내려오라고도 했지만, 경수는 일하느라 급하게 전화를 끊었다. 그해 여름은 무척 더웠고 가을은 온 듯 만 듯 사라졌다. 그리고 그해 겨울 경수의 아빠는 세상을 떠났다. 췌장암이었고 경수가 뒤늦게 소식을 들었을 때는 이미 손을 쓸 수 없는 상태였다. 아빠가 떠나기 전 경수에게 남긴 마지막 말은 "아들 미안해"였다.

경수는 입사 동기 펀드매니저들 중에서 가장 앞서 나갔다. 너무 앞서 나간다 싶더니 결국 가장 먼저 업계와 이별을 고한 것도 그였다. 처음에는 몇몇 사소한 실수들이 있었다. 대부분 평소의 경수라면 저지르지 않았을 것들이었다. 경수가 펀드매니저로서 가졌던 장점은 사실 별 게 아니었다. 무엇보다 기본에 충실한, 시장과 기업에 대한 객관적이고 이성적인 판단이었다. 동료 펀드매니저들이 성장 가능성만 보고 특정 기술주나 바이오주를 매집할 때 경수는 해당 섹터의 침체와 개별 기업의 악재를 모두 예견해 회사의 손실을 줄이고 이를 통해 신임을 쌓았다. 그런데 그랬던 경수의 날카로운 예봉이 어느 순간 뭉툭해져버렸다. 공교롭게도 아버지의 장례식을 치르고 돌아온 후부터였다.

경수는 어쩐지 회사에 남아 있다가는 크게 사고를 칠 것 같다는 예감이 들었다. 직장 동료들도 비슷한 생각을 했던지 저마다 경수에게 휴가를 권하기도 했다. 하지만 경수는 듣지 않았다. 오히려 실수를 만회하기 위해 더 일에 매달렸다. 하필 그녀로부터 헤어지자는 이야기를 들은 것도 그때였다. 경수는 짜증이 났다. 3년간 사귀면서 수도 없이 들은 말이다. 그때마다 경수는 헤어질 수 없다고 했다. 그런데 이번에는 그 말이 나오지 않았다. 대신 항상 그랬듯 이번에도 이유를 물었다.

"나도 이유는 알아야 하잖아. 왜 헤어져야 하는지."

"그냥."

"……."

"알았어."

500일을 만나고 헤어질 뻔했다가 다시 500일을 더 만났지만 결국에는 헤어졌다. 그리고 헤어진 그날 경수가 개발 과정에 주도적으로 참여했던 알고리즘 트레이드 시스템이 오류를 일으켰다. 회사는 불과 8분 만에 회사의 존립이 위협받을 만큼 막대한 손실을 입었다. 경수로서는 기억될 만한 인생 최악의 하루였다. 회사는 개발 과정에 깊숙이 참여한 경수의 과실이 없었는지 감사에 착수했고 경수가 일정 부분 실기한 지점이 있다는 결과 보고서가 나왔다. 그 과정에서 잘못을 인정하고 퇴사하는 대가로 2년 치 월급과 퇴직금을 제안받았다. 누가 봐도 앞뒤가 안 맞는 회사의 조치였다. 정말 경수의 과실이 중요했다면 있을 수 없는 제안이었다. 그러니까 그건 회유였다. 경수는 억울했던 마음이 조금은 위로받았다. 그 일에서 잘못한 장본인은 경수가 아니라 따로 있고 경수는 그저 회사가 필요로 하는 희생양일 뿐이라는 사실이 증명된 셈이었기 때문이다. 경수는 스스로 구명할 방법들에 대해 잠시 생각했지만, 그조차 구질구질하게 느껴졌다. 그래서 회사의 제안을 받고 거기에 3년 치 연봉을 추가해달라고 요구했다. 이렇게 내가 다 뒤집어쓰고 나가면 다시는 이 업계로 돌아올 수 없는데 그 정도는 받아야 하는 거 아니냐고 했다. 회사는 군말 없이 비밀을 지키겠다는 각서를 내밀었다. 경수는 이 바닥의 명예를 잃는 대신 시간을 벌어줄 돈을 택한 거다. 다시 돌아올 생각을 지운 이상 경수로서는 아쉬울 것 없는 거래였다.

아빠가 저세상으로 떠났고 애인과 헤어졌고 회사에서 잘렸다. 모든 게 불과 석 달 사이에 벌어진 일이었다. 그런데 경수는 어쩐지 홀가분한 마음이 들었다. 인생에서 변수라고 생각했던 것들이 하루아침에 상수가 된 느낌이라고 할까. 자신이 풀 수 없던 문제들이 알아서 풀려버린 느낌이기도 했다. 경수는 출퇴근 시간을 아끼기 위해 회사 근처에 비싼 월세를 내고 살았다. 하지만 이제는 그럴 필요가 없다. 경수는 닭장 같은 비싼 집을 나와 서울 끝자락 변두리 동네로 이사했다. 새로 이사 간 집은 창문을 열면 초록빛 산자락이 손에 잡힐 듯 한눈에 들어왔다. 계절이 변하면 산의 색도 바뀔 거다. 집필실로써는 만점이었다.

사랑할 땐 누구나 최악이 된다?

연수가 단지 제목에 끌려 본 몇 안 되는 영화 중 하나였다. 영화에서 여주인공은 우연히 들른 파티장에서 처음 보는 남자와 시선을 주고받는다. 서로 눈이 맞았다는 얘기다. 그리고 이어지는 둘의 대화가 가관이었다. 남자는 사랑하는 사람이 있다고 말하고 여자도 배우자가 있음을 알린다. 남자는 절대 바람은 안 된다고 하고 여자도 그건 나쁜 짓이라며 동의한다. 그러고는 바람의 정의에 관해 이야기를 주고받는다. 어느 선까지가 바람이냐는 거다. 남자는 느낌으로 안다고 하고, 여자는 남자가 마시던 맥주병을 자연스레 뺏어 마신다.

"이건 바람인가요?"

남자는 이 정도는 아니라고 한다. 그럼 애인이 아닌 상대를 무는 건 바람이냐고 묻고 느닷없이 서로 상대의 팔뚝을 깨문다. 밤새 함께 시간을 나누며 담배를 나눠 피기도 하고 은밀한 성적 대화를 나눈다. 그리고 마침내 날이 밝자 파티장을 나와 각자의 집으로 돌아간다. 갈림길에서 헤어지며 남자는 여자의 이름을 묻는다. 여자는 자신의 이름을 알려주고, 남자가 자신의 이름으로 답하려 하자 여자는 말을 막으면서 듣지 않겠다고 한다. 페이스북에서 찾아볼지도 모른다면서. 그렇게 둘은 헤어진다. 그리고 그녀의 마지막 말은 이랬다.

"우린 바람 안 피웠어요."

노르웨이 영화였는데 칸 영화제 초청작이었고 여주인공은 이 영화로 여우주연상을 받기도 했다. 연수는 다른 건 모르겠지만 제목은 잘 지었다고 생각했다. 물론 원제는 조금 달랐다. 노르웨이어로 'Verdens verste menneske'이었고, 찾아보니 영어 제목은 'The Worst Person in the World'였다. 둘 다 '세상에서 가장 나쁜 사람'의 의미였다. 우리나라 개봉 제목은 그걸 좀 더 풀어서 쓴 셈이었다. 연수는 젊은 시절 철호와 사랑에 빠진 후 걸핏하면 내가 미쳤지를 연발하곤 했는데 생각해보니 자신도 결국 사랑에 빠진 후 최악이 된 것이었다.

#

경수는 이른 새벽 횟집 사장 철호로부터 긴급 호출을 받았다. 오늘 하루 알바 가능하냐는 거였다. 가게에 가 보니 이른 아침부터 가게 안이 어수선했다. 직원도 나와 있었지만, 배송 온 식자재들이 자기 자리를 못 찾은 채 널브러져 있고 철호도 평소 모습 같지 않게 허둥대고 있었다. 그러고 보니 있어야 할 사람이 보이지 않았다.

"사장님은요?"

"도망쳤어."

"네? 도망이요?"

"응. 혼자만."

사실 매번 이런 식이었다. 철호는 연수와의 관계에서 항상 자신이 뭐든 다 알고 있다고 생각했지만, 그가 알고 있는 것들은 대부분 부족한 정보거나 그냥 잘못 알고 있는 것들이었다. 일단 연수는 도망친 게 아니었다. 더는 이렇게 살 수 없다고 수백 번 철호에게 말했지만, 철호는 한 귀로 흘려들었다. 그리고 무엇보다 연수는 혼자도 아니었다.

그 시간, 연수는 수연과 함께 있었다. 둘은 돌아올 날을 정하지 않은 여행을 떠나는 중이었다. 그저 날짜를 정하지 않았을 뿐 돌아오지 않겠다는 비장한 결심을 하고 떠나는 여행은 아니었다. 차는 수연이 렌트를 했다. 지붕이 열리는 하늘색에 가까운 청록색 컨버터블 스포츠카였다.

"어때 맘에 들어? 최대한 비슷한 거로 골라본 건데."

"응. 맘에 들어. 근데 막상 이렇게 보니 너무 눈에 띄는 거 아닌가 싶긴 하네."

그 말에 수연이 이미 준비되어 있다는 듯 커다란 레이벤 선글라스를 꼈다. 그리고 연수에게도 선물이라며 똑같은 선글라스를 건넸다. 둘은 검정 선글라스를 끼고 마주 보며 깔깔깔 웃었다.

"맨 인 블랙 같네?"

"우먼 인 블랙이지."

열일곱 살 때 같은 반이었던 수연과 연수는 4교시 종이 울리면 선착순 달리기라도 하듯 학교 매점으로 뛰어가 신상 소시지빵을 사 들고 환호하며 교실 천장에 머리가 닿도록 방방 뛰었다. 뭐가 그리 신났는지 몰랐던 시절. 물론 그 시절이라고 다 좋았던 건 아니었고 죽고 싶다는 말을 입에 달고 살았지만 안 좋은 기억들은 어쩐 일인지 다 잊혔다. 그리고 곧 마흔을 앞둔 나이에 서로를 마주 보고 있자니 오래전 그 시절의 좋은 추억만 떠올랐다. 그런 두 사람이 갑작스레 여행을 결심하게 된 데에는 요 며칠 은하극장에서 함께 본 영화들이 촉매가 됐다. 그녀들은 이제 극장에서 울지도 또 자지도 않는다.

수연이 새로운 직업으로 삼은 영화 번역 일은 기대 이상으로 잘 풀려가고 있었지만, 그녀의 머릿속은 아직도 온통 뒤죽박죽이었다. 은하극장을 찾았다가 연수와 우연히 조우한 후로시도 때도 없이 눈물이 흐르는 일은 줄었지만 그럼에도 혼자 있거나 아무 일도 하지 않고 있을 때면 온갖 생각들, 주로 후회가 꼬리에 꼬리를 물고 이어졌다. 그녀는 아직도 창하가 자신을 떠났다는 사실이 믿기지 않았다. 어떻게 날 떠나? 함께한 10년의 세월은 그럼 뭔데? 수연은 가만있다가는 감정이 또 끝없이 추락할 것 같아 일단 집을 나섰다. 갈 곳은 정해져 있었다.

연수의 머릿속은 몇 년째 텅 비어 있다. 매일 아침 배송되어온 식자재를 분류하고 점심시간까지 끝없이 이어지는 주문을 받고 음식을 나르고 설거지를 하고 청소를 하다 보면 생각이란 거 자체가 스며들 틈이 없었다. 연수는 점심 피크가 끝나자 앞치마를 벗어 던지고 도망치듯 가게에서 뛰쳐나왔다. 갈 곳은 정해져 있었다.

오늘 은하극장의 상영작 포스터에는 단 한 명의 사람만 등장한다. 지쳐 보이지만 단호한 표정의 여자. 그녀 뒤로는 그녀가 걸어온 길이 있고 그녀 앞에는 앞으로 걸어가야 할 길이 펼쳐져 있다. 그러니까 그녀는 지금 걷는 중이다. 얼굴은 햇볕에 그을리고 먼지로 뒤덮였지만, 오랜 여정을 지나온 눈빛은 오히려 한껏 깊어졌다. 내면의 고통이 완전히 사라지지는 않았으나 어느새 담담해진 그런 눈빛이다. 작은 체구의 여자는 자기 몸보다 훨씬 더 큰 배낭을 짊어지고 있다. 그녀의 가녀린 어깨는 지금 삶의 무게를 지탱 중이다. 그녀는 광활하고 황량한 자연 속에 홀로 있다. 끝없이 펼쳐진 산맥과 숲, 붉은빛이 감도는 흙길. 거친 자연 풍광은 그녀의 도전이 온전한 고독 속에서 이루어지고 있음을 보여준다.

수연이 티켓을 손에 쥔 채 영화 포스터를 뚫어지게 바라보고 있을 때 누군가 수연의 어깨를 짚었다. 연수였다. 연수는 피곤해 보이는 얼굴이었지만 환하게 웃었다.

"혹시 네가 와 있지 않을까 했는데. 진짜 와 있네? 같이 보자. 나도 표 끊었어."

"오늘은 자러 온 거 아냐?"

"응. 넌?"

"나도 오늘은 울려고 온 거 아냐."

연수와 수연은 자기 몸보다 더 큰 배낭을 짊어진 채 끝도 없이 뻗은 길을 걸어가는 여자의 모습이 담긴 포스터에 한마음으로 끌렸다. 수연은 힘겨울 때마다 지금 이곳이 아닌 어딘가를 떠올리곤 했다. 그래서 그때마다 강원도라도 다녀올까? 아니면 부산? 아니 이왕에 가는 거 제주 올레길이라도 걸으면 좀 나아질까? 차라리 그 돈이면 가까운 일본이나 대만을 다녀와도 좋겠다. 그런데 그렇게 다녀오면 또 뭐가 달라질까? 나아지는 게 있기는 할까? 생각이 꼬리를 물었지만 정작 그 끝은 매번 허무했다.

연수 역시 거의 폐업 수순을 밟던 횟집이 홀연히 나타난 동네 프로 백수 경수 씨에 의해 1년 만에 웨이팅이 끊이지 않는 맛집이 됐다. 그때부터 연중무휴로 가게를 돌리는 중이다. 덕분에 연수는 어딘가로 떠나고 싶어도 떠날 수 없는 신세가 됐다. 설사 떠날 수 있다 쳐도 잠시 도망치듯 그 자리를 벗어나는 것으론 아무것도 해결될 수 없다는 걸 연수는 이미 잘 알고 있다. 사실 연수가 벗어나고픈 건 바쁜 횟집이 아니라 한때 미치도록 사랑했던 남편 철호였다.

은하극장은 개관 때부터 고집스레 지켜오는 극장 운영 방침이 있다. 하나는 영화 시작 전 광고를 하지 않는 것과 영화가 끝난 후 엔딩 크레딧이 다 올라갈 때까지 조명을 켜지 않는 거다. 덕분에 영화가 끝나고 엔딩 크레딧이 올라가는 동안 연수와 수연은 말없이 각자의 생각에 잠겼다. 수연은 인간은 때로 육체적 고통을 통해 정신적으로 한 걸음 더 나아갈 수 있다고 믿는 거 같다고 생각했다. 영화 속 주인공이 택한 일종의 고행(苦行)도 그런 믿음에 바탕을 두고 있는지 모른다. 연수는 여주인공이 발톱이 다 빠지도록 걷는 게 자신에게 내리는 일종의 형벌처럼 느껴졌다. 그동안의 안일함과 나태함, 나의 인생을 마치 남의 인생처럼 허비한 것에 대한 벌. 그 벌을 기꺼이 받아들이고 난 후에는 어쩌면 새로운 인생을 살 수 있을까? 그건 일종의 희망을 다시 찾는 과정이 될까?

영화는 셰릴 스트레이드라는 여자가 홀로 떠난, 멕시코 국경에서 캐나다 국경에 이르는 4,286km에 달하는 PCT(The Pacific Crest Trail) 여정을 따라간다. 셰릴은 이 거리를 94일 만에 주파한다. 영화는 실화였고 실제 배경은 1995년이었다. 주제가는 사이먼 앤 가펑클이 부른 〈El condor pasa〉. 영화 내내 곡 초반부만 나와 감질나게 하더니 영화가 끝나는 순간 본 곡이 터져 나오는데 그 순간 전율이 일 만큼 좋았다. 연수가 나중에 찾아보니 감독은 그 전에 〈달라스 바이어스 클럽〉이란 영화를 만들었다. 그 영화도 실화가 배경이었다.

연수는 예전에 본 그 영화에 대해 각별한 기억을 갖고 있다. 주인공 역할을 맡은 배우가 에이즈 말기 진단을 받은 시한부 환자 역을 위해 무려 21kg을 감량해 화제가 됐기 때문이다. 메소드 연기를 지향하는 배우 중에는 종종 그렇게 배역의 실제감을 높이기 위해 자신을 학대에 가깝게 몰아붙이는 이들이 있다. 그 배우는 덕분에 아카데미 남우주연상을 비롯해 각종 상을 휩쓸면서 자신을 학대한 이유를 증명했고 또 보답도 받았다. 연수도 한때 배우를 꿈꾼 적이 있다. 그래서 영화 속 피골이 상접한 배우를 보며 젊은 시절보다 두 배는 족히 불어난 자신의 몸집이 몹시 부끄러웠다. 그리고 연수의 생각은 항상 그렇듯 철호로 귀결됐다. 그때 철호만 안 만났더라면, 생선회를 바르는 철호의 예민한 손놀림에 홀딱 반하는 미친 짓만 하지 않았더라면 하고 연수는 후회했다.

"네가 부러워."

영화를 보고 나와 연수가 수연에게 내뱉은 말이다.

"뭐가?"

"넌 다시 완전해졌잖아."

"내가 완전해졌다고?"

수연은 좀 황당했다.

"응. 완전하지. 혼자가 됐으니까. 인간은 원래 혼자일 때 완전한 거야. 나도 너처럼 혼자일 때로 돌아가고 싶어!"

결혼은 계약이다. 상호 간 약속이고 합의다. 같은 선상에서 이해하면 이혼은 계약의 해지일 뿐이다. 약속과 합의에 대한 번복이다. 수연은 그걸 해냈고 그런 수연을 연수는 부러워했다. 연수는 수연에게 나도 너처럼 처음으로 되돌리고 싶다고 했다. 하지만 이혼을 경험한 수연은 그건 오해라고 말했다.

"연수야, 처음으로 돌아가는 건 없어. 이혼은 이혼일 뿐이야. 이혼했다고 결혼한 사실이 사라지는 것도 아니고 오히려 훨씬 많은 게 쌓인 상태로 그냥 어느 날 혼자가 되는 거야. 넌 혼자가 완전한 거라고 했지만 난 모르겠어. 오히려 네 말을 듣고 나니까 내가 왜 이렇게 힘든지 조금 알 거 같아. 난 혼자일 때 불완전한 사람이야."

둘은 그날 햇살이 잘 비쳐 드는 로비에서 많은 이야기를 나눴다. 수연과 연수는 대화를 통해 서로에 대해 좀 더 많은 걸 알게 됐고 또 이해하게 됐다. 그런데 재미있는 건 정작 그날의 대화를 통해 상대에 대해 알게 된 것보다 자기 자신에 대해 몰랐던 걸 알게 된 게 더 많았다는 사실이었다. 헤어지기 전 수연이 먼저 제안했다.

"우리 떠날까?"

연수는 조금도 망설이지 않았다.

"응. 차는 렌트하자. 하늘색 스포츠카, 뚜껑이 열리는."

수연은 신나서 끄덕였다.

직진하는 평행선과
끊임없이 위아래로 파동하는 두 개의 선

어니스트 헤밍웨이, 스콧 피츠제럴드, 스티븐 킹, 토니 모리슨, 하퍼 리, 베르나르 베르베르 그리고 무라카미 하루키. 모두 아침 일찍 일어나 글을 쓰는 작가들이다. 그리고 세계적으로 유명해진 작가들. 경수는 회사를 그만두고 새로운 동네에 이사 온 후 한동안 아무 일도 하지 않았다. 대신 매일 새벽에 일어나 글을 썼다. 잘나가는 작가가 되겠다는 야무진 꿈 때문은 아니었고 백수가 된 이상 일상의 루틴을 지키는ˊ게 최우선이라고 생각했다. 그렇다고 언젠가 유명한 작가가 되지 말란 법도 없다고는 생각했다. 비록 지금은 주로 영화를 보고 떠오른 생각들을 정리하는 수준이지만.

글을 쓰면 시간이 잘 갔다. 경수는 어쩌면 작가가 자신의 천

직일지도 모른다고 생각했다. 만약 아빠가 헛된 배우의 꿈을 꾸지 않고 그저 평범한 가장의 역할을 잘 수행했다면 어린 시절 양구 꼬라데이로 쫓겨나듯 갈 일도 없었을 테고, 그랬다면 오로지 좋은 대학에 가려고 죽기 살기로 공부하지도 않았을 거다. 그럼 영화감독이 되기 위해 연극영화과를 갔을까? 아니면 영화감독이 되려고 노력하다 결국 이 길은 내 길이 아니구나 하며 다른 길을 찾고 있을까?

"아빠 미안. 그런 뜻은 아니었어."

경수는 문득 중얼댔다. 생각해보니 만약으로 시작한 상상의 시작점은 아빠였다. 아빠는 너무 이른 나이에 세상을 떴다. 평생 무명 배우로 살았지만 그렇다고 아빠의 삶을 헛된 꿈이나 꾸다 간 사람으로 치부하는 건 아들의 도리가 아니었다. 게다가 경수는 누구에게도 말 못 했지만, 아빠가 그렇게 일찍 세상을 뜬 게 자기 탓이라 여겼다. 3년간 지각 한 번 안 하고 야근과 주말 근무까지 해가며 뼈 빠지게 일해 번 돈으로 아빠의 빚을 대신 청산한 날, 아빠는 전화를 걸어왔다. 면목이 없다며 풀 죽은 목소리로 언제 한번 내려오라고 하는 아빠에게 경수는 바쁘다는 한마디만 하고 끊었다. 목소리 또한 차가웠을 거다. 그때 경수가 밝은 목소리로 아빠 아들 사이에 면목은 무슨 면목이냐며, 내가 얼마나 유능한 직장인인지 아느냐고 했다면 어땠을까. 곧 승진도 할 거고 그깟 돈은 또 금방 번다고, 주말에 내려갈 테니 맛있는 거나 잔뜩 해놓으라고 너스레를 떨었다면, 그랬어도 아빠가 그렇게 일찍 세상을 떠났을까? 이미 암이 급속도로 전이된 상태였다고는 하지만 예상보다도 빨리 떠난 건 경수가 아빠의 빚을 갚았기 때문인 것 같았다. 아빠는 평생 따라다니던 빚의 고통에서 해방됐지만, 정작 아들에게 그보다 더한 마음의 빚을 지고 말았던 거다. 아빠는 마지막 순간 비교적 편안한 모습으로 떠났는데 그조차도 경수는 마음에 걸렸다. 이 세상에 아무 미련 따위 없는 모습으로 보였기 때문이다. 만약 세상에 대한 미련이 좀 더 남았더라면 아빠는 그렇게 쉽게 떠날 수 없었을지도 모른다. 차라리 빚을 갚아주지 말걸. 그랬으면 책임감 때문에라도 그렇게 미련 없이 떠나지는 않지 않았을까.

어느새 시계는 오전 11시를 넘어가고 있었다. 회사에 다녔다면 이미 지쳤을 시각이지만 백수에게는 이제 슬슬 움직여볼까? 하는 시각이다. 경수는 노트북을 닫고 집을 나섰다. 그리고 걸었다. 안 가본 길과 골목을 찾아 동네 곳곳을 걸었다. 딱히 갈 데가 있어서가 아니라 그냥 걷기 위해 걸었다. 회사를 나온 지 두 달째. 그사이 엉망이 됐던 몸도 마음도 조금씩 나아가는 중이었다. 그렇게 매일 아무 생각 없이 동네 곳곳을 걷다 보니 어느 날 문득 하고 싶은 일들이 보였다.

경수가 그날 점심 한 끼를 때우기 위해 찾아 들어간 곳은 동네 횟집이었다. 연수와 철호의 회사랑이라 적힌 간판을 보고 들어갔다. 간판 상태를 봐서는 최소한 3년 이상 된 가게일 거라 생각했다. 주방 안쪽에는 소도 때려잡을 것 같은 인상의 중년 남자가 회칼을 들고 회를 썰고 있었고, 어쩐지 어디선가 본 것 같은 인상의 아줌마가 카운터를 지키고 있었다. 아마도 그 둘이 간판에 새겨진 연수와 철호일 거다. 경수는 문득 간판을 처음 내걸 때 저 두 사람은 어떤 표정을 짓고 있었을까 상상했다. 아마도 그땐 희망에 부풀었겠지. 최소한 지금처럼 생기 없는 모습을 하고 있지는 않았겠지. 그런 생각을 하니 조금은 쓸 쓸했다. 경수는 메뉴판에서 연어와 우럭을 동시에 맛볼 수 있는 '회사랑 세트B'와 맥주 한 병을 시켰다. 변두리라 그런지 메뉴판의 가격대는 나름 가성비가 느껴질 만한 수준이었다. 곧 음식이 나왔다. 연어와 우럭은 숙성회였는데 기대 이상의 식감과 맛에 내심 놀랐다. 하지만 경수가 한 시간 정도 가게에 머무는 동안 손님은 한 명도 없었고 배달 알림이 한 차례 울렸을 뿐이다. 뭔가 하고 싶은 일이 떠오른 건 그때였다. 경수는 그날부로 이 동네의 프로 백수가 되겠다고 결심했다. 그리고 경수는 다음 날에도 횟집을 찾았다. 이번에는 일부러 저녁 시간대에 찾아갔다. 하지만 가게 풍경은 전날 낮과 다르지 않았다. 손님은 없었고 주방 안쪽의 남자 철호와 카운터의 여자 연수도 어제와 다름이 없었다. 두 사람은 경수가 있는 동안 마치 모르는 사람처럼 단 한 차례도 말을 섞지 않았다. 하지만 무엇을 주문하든 메인 회와 함께 나오는 밑반찬까지 하나하나 어김없이 다 맛있었다. 경수는 그렇게 일주일을 하루도 빠지지 않고 횟집에 출근했다. 카운터의 사장님이 평소 뚱한 표정 대신 환한 미소로 아는 척을 한 건 3일째 되던 날이었다.

"어머, 또 오셨네요."

그리고 일주일을 채우던 날은 직접 새우튀김과 물회를 서비스로 가져다주었다. 당연히 둘 다 맛있었다. 경수는 계산하는 과정에서 카운터 테이블 안쪽에 세워둔 사진 액자를 훔쳐봤다. 날씬하고 아름다운 20대 여자의 사진이었는데 만약 그 사진이 지금 횟집 사장의 젊은 시절이라면 그보다 더한 반전은 없을 것 같았다. 그리고 액자 속에 겹쳐진 사진이 하나 더 있었다. 대여섯 살쯤 된 아기 사진이었는데 너무 예쁘고 앙증맞은 모습이었다. 이상하게도 어디선가 본 것 같은 얼굴의 아기였다. 계산을 마치고 경수는 연수에게 말을 건넸다.

"회가 정말 맛있어요. 그래서 제가 제안을 좀 드려볼까 하는데요."

경수는 연수에게 이런 맛집은 알려져야 한다며 자신이 뭔가 도울 수 있을 것 같다고 했다. 연수는 경계심 어린 눈길로 바라봤다.

"말씀은 감사합니다. 근데 솔직히 그동안 장사 안되는 거 보셨겠지만, 저희 진짜 월세 내기도 힘들어요."

"그러니까 하셔야죠."

"아뇨. 홍보에 쓸 돈이 없다고요."

"돈은 안 주셔도 됩니다."

"예?"

"제가 하라는 대로 하시고 그래서 가게 매출이 좀 오른다 싶으면 그때부터 저한테 하루 한 끼 식사를 제공해주시는 거예요."

"예? 그게 다예요?"

연수는 못 믿겠다는 듯 미간을 살짝 찌푸렸는데 그 표정을 본 순간 경수는 생각이 났다. 사진 액자 속 아기의 정체가.

"혹시 사장님이 그 아기? 설마 옛날에 그 애들 감기약 CF 주인공이세요?"

"네? 그걸 어떻게!"

"대박!"

연수는 일찍이 다섯 살 때 감기약 CF로 데뷔한 바 있다. 당시 미간을 찌푸린 채 울어대다 감기약을 먹자마자 방글방글 웃는 모습으로 돌변해 아이 좋아하는 어르신들에게 인기를 끌었다.

"저도 감기 걸리면 엄마가 그 약 사다 먹여주셨거든요!"

"저 가게 한 지 10년도 넘었는데 알아봐주시는 분은 첨이에요."

"사장님, 저 믿고 무조건 하세요. 제가 연수와 철호의 회사랑 대박 맛집 만들어드릴게요!"

연수는 경수가 내미는 손을 잡았다. 주방 안쪽에서는 철호 씨가 내내 수상쩍은 눈길로 지켜보다 급기야 아내가 경수와 대화하고 웃고 악수까지 하는 모습을 흐린 눈으로 봤다.

그날 집으로 가는 길에 경수는 뜬금없이 내일부터는 소설을 써야겠다는 결심을 했다. 써본 적은 없지만, 왠지 자신이 글을 계속 쓰게 된다면 그 끝은 소설일 거라 생각했다. 구체적으로 아직 잡히지는 않아도 뭔가 자기 안에서 이야기가 꿈틀대는 느낌이 들었다. 미리 지어둔 소설 제목도 있었다. 「직진하는 평행선과 끊임없이 위아래로 파동하는 두 개의 선」이었다. 직진하는 평행선은 자기 자신이었고 끊임없이 위아래로 파동하는 건 헤어진 그녀였다. 그렇다고 자신과 그녀의 이야기를 소설로 쓸 생각은 아니다. 그냥 제목만 그랬다. 세상은 어차피 평행선과 그 위로 파동하는 선으로 이루어졌다고 생각했다. 그리고 무엇보다 그 제목은 보르헤스를 읽었거나 아는 사람은 알아서 눈치채라고 지은 보르헤스에 대한 오마주였다. 물론 그녀도 보르헤스를 사랑했다. 그래서 언젠가 소설이 나오고 그녀가 책 제목을 보게 된다면 자신을 향한 안부 인사로 들렸으면 했다. 그게 바라는 전부였다.

다음 날 아침 경수는 넉넉하게 횟집으로 출근했다. 주방에 들어가 철호 씨와 정식으로 인사를 나누고 유튜브와 각종 SNS에 올릴 홍보용 영상을 만들기 위해 영업 비밀을 노출하지 않는 선에서 회의 숙성 과정을 촬영해도 좋겠냐고 물었다. 철호 씨는 과묵하고 자기 직업에 자부심이 남다른 사람이었다. 처음에는 아내가 허락해서 하는 거지, 자신은 이런 식의 가게 홍보가 마음에 들지 않는다고 대놓고 불편한 심기를 드러냈다. 그리고 맛집은 오로지 맛으로 승부하는 게 요리사의 소신이라고 했다. 경수는 100% 동의한다며 사장님은 사장님 소신을 밀고 가고 곁에서 돕는 자신은 그 소신이 빛을 발하도록 돕겠다고 했다. 철호는 왠지 진 기분이 들었다.

주방에서 촬영이 시작됐다. 철호 씨는 과묵해 보이기만 했지 애초에 말이 많은 사람이었다. 덕분에 경수는 철호 씨로부터 많은 이야기를 들을 수 있었다. 숙성회 만드는 비법으로 시작된 인터뷰는 철호 씨와 스무 살 시절의 연수가 어떻게 만나게 됐는지로 옮겨갔다. 철호 씨는 그 시절 연수가 얼마나 예쁘고 빛나는 사람이었는지 그야말로 구구절절 설명했다. 경수가 굳이 더 묻지 않아도 철호 씨는 폭우에 무너진 댐처럼 연수를 처음 봤을 때, 두 번째 봤을 때, 세 번째 봤을 때 어떻게 달랐는지 시간순으로 설명했다. 그때 경수는 깨달았다. 철호 씨의 눈빛이 처음 볼 때와 달라져 있다는 걸. 그러니까 처음 철호와 인사를 나눌 때만 해도 그의 눈은 죽은 생선의 눈 같았다. 그런데 지금은 어느새 살아서 바다 위로 솟구쳐 오르는 돌고래의 눈빛으로 변해 있었다. 경수는 철호 씨가 그 나이에 보기 드문 로맨티시스트라고 생각했다. 그리고 어느새 이야기를 마친 철호 씨는 마지막으로 말했다.

"그러니까 연수와는 만나지 말았어야 했어. 내가 미친 거지."

망각하는 자는 복이 있나니

남의 인생에 훈수 두기 좋아하는 이들은 수연에게 말했다. 네가 좋아하는 사람 말고 널 좋아해주는 사람을 선택하라고. 그래야 행복하다고. 그런데 수연에게 그건 너무 어려운 일이 었다. 수연은 태어나자마자 가장 먼저 들은 말이 "어쩜 이렇게 인형처럼 생겼니?"였고, 중고등학교 시절에는 소위 말하는 길거리 캐스팅의 단골 타깃이 되곤 했다. 그러니 대학에 가자마자 자타공인 공대 여신으로 등극한 건 놀랄 일도 아니었다. 그 당시 수연에게 좋아한다며 고백하고 거절당한 또래 이성은 대형버스 수십 대를 대절해도 다 못 태울 만큼 차고 넘쳤다. 그나마 드러난 규모가 그랬을 뿐 실제로는 그보다 몇 곱절 많은 남자가 감히 그녀에게 좋아한다는 말조차 못 건넨 채 먼발치에서 바라만 보다 돌아갔다.

안타깝게도 수연을 좋아한 그 많은 이 중 정작 수연의 마음을 설레게 한 이는 단 한 명도 없었다. 이과생인 수연은 그게 당연한 일이라 생각했다. 전체 인구 중 남자, 그중 적정 연령대, 그중 수연과 우연히 만날 수 있는 사회적 공간 안에 머물면서 또 합당한 지적 수준과 수연이 용인할 수 있는 외모 기준까지 충족시킬 만한 사람이 도대체 얼마나 되겠는가. 그리고 설령 그런 존재가 있다 한들 막상 그 상대마저 수연을 좋아하리란 보장은 또 없다. 그러니 그 모든 게 다 절묘하게 맞아떨어질 확률은 정말 희박할 수밖에 없지 않겠는가. 그런데 또 기묘하게도 막상 거리에 나가 손 꼭 잡고 걷는 연인들을 보면 그 확률이 그리 낮지는 않은 게 아닐까 하는 생각이 들기도 했다.

수연은 먼저 그 길을 걸어간 선배들의 훈수를 받아들였다. 그러니까 자신을 추앙해 마지않는 이들 중에서 한 명을 골랐다. 그게 창하였다. 그러면 자신은 아니더라도 최소한 창하는 수연을 평생 사랑할 거라 믿었다. 서로가 서로에게 완벽하게 들어맞는 희박한 확률에 기대기보다는 현실적 타협을 선택한 거다. 그래도 나름 최선의 합리적 선택이라 자부했다. 하지만 그 결과는 참담했다.

수연은 그날 어두운 극장 안에서 밝은 스크린을 보며 상영 시간 내내 기억과 망각 사이에서 헤매었다. 셋째 주라 그날 상영작은 은하노트에 수록된 영화였다. 수연은 이미 열 번은 보고 남았을 영화지만 또 보는 걸 주저하지 않았다. 그만큼 좋아하는 영화였다. 그런데 엔딩 크레딧이 다 올라가고 불이 켜지자 수연은 문득 그 희박한 확률에 대해 다시 생각하게 됐다. 확률이 0이 아니라면 언젠가는 이루어질 일이 아닐까? 창하를 선택한 현실적 타협의 결과는 참담하게 끝났지만 실은 또 다른 우주적 만남의 순간이 혹시 따로 남겨져 있는 건 아닐까? 그리고 바로 그때였다.

"이 영화 몇 번째 보시는 거예요? 저는 세어보진 않았지만 일단 오늘로 최소한 열 번은 넘긴 거 같은데."

수연의 뒷자리에 앉아 있던 경수가 건넨 말이었다.

[은하노트] 망각하는 자는 복이 있나니.

"다시 태어난다고 해도 나는 당신과 또 사랑에 빠지게 될 거야."

30년 전 당신의 마음을 얻기 위해 난 그렇게 말했어. 지금 생각하면 유치하지만 그래도 그땐 나름 고민해서, 딴에는 로맨틱한 고백을 한답시고 한 말이었을 거야. 그런데 당신이 뭐라 답한 줄 알아? 기억이 안 난다고? 너무 오래돼서? 하지만 내가 생생하게 기억하고 있는 걸 보면 그건 단지 흘러간 시간의 문제만은 아닌 거 같아. 아무튼, 당신이 기억나지 않는다니까 기억하고 있는 내가 다시 말해줄게. 당신은 이렇게 말했어.

"하지만 또 서로에게 상처를 주고, 결국엔 사랑에 빠진 걸 후회하게 될 거야."

난 그 자리에서 펄펄 뛰며 아니라고 강변했지. 내가 당신을 얼마나 사랑하는데 상처를 줄 리가 있냐고. 어쩌면 눈물을 찔끔 보였을지도 몰라. 그래선지 당신도 그때는 그쯤하고 한 발 뒤로 물러섰어. 아마 그래 준 걸 거야. 하지만 이제는 나도 인정해. 그때 당신의 말은 반은 맞고 반은 틀렸단 걸. 우린 그 후로 오랜 시간을 함께했지만, 그 세월만큼 서로에게 상처를 주고, 또 받았어. 의도했든 의도하지 않았든 결과는 마찬가지야. 그러니 그건 당신 말이 맞았던 거야. 하지만 적어도 난 그래서 당신과 사랑에 빠진 걸 후회한 적은 없었어. 그러니 당신 말의 반은 또 틀렸지.

〈이터널 선샤인〉은 당신이 가장 좋아하는 영화 중 하나였을 거야. 물론 나도 그랬고. 사랑에 빠졌다가 어느새 서로를 미워하게 됐고 그래서 사랑했던 기억마저 싹 다 지워버린 연인들의 이야기라니. 그런데 진짜 재미있는 건 (물론 관객만 재미있는 거겠지만) 그들이 막상 기억을 지운 채 다시 우연히 만나자 또 자석에 이끌리듯 서로를 사랑하게 된다는 거야. 이처럼 미련하고 또 안타까운 일이 있을까?

오랜만에 김광석 노래를 들었어. 폴란드 세탁소에 들렀더니 주인이 틀어주더라고. 기억나지? 전에 내가 세탁소 주인한테 그랬잖아. 여기 올 때마다 덕분에 몰랐던 좋은 음악과 명반들을 얻어듣고 가는데 그래도 가끔은 나 같은 노인들 생각해 가요도 들려주면 안 되냐고 했던 거. 그때 내가 김광석을 얘기했어. 세탁소 주인이 그걸 기억하고 있었던 거지. 그 고집스럽고 과묵한 친구가 말이야.

잊어야 한다면 잊혀지면 좋겠다는 노래 가사처럼 기억이란 게 마음먹은 대로 잊히고 지워지는 거라면 얼마나 좋겠어. 하지만 현실은 오히려 잊고 싶은 기억들을 더욱더 생생하게 떠올려 괴롭히지. 그래서 인간은 본능적으로 살기 위해 안 좋은 기억으로부터 도망치려고 하게 되나 봐. 종종 기억이 사실과 다르게 윤색되는 이유가 바로 그런 게 아닐까?

"망각하는 자는 복이 있나니, 자신의 실수조차 잊어버리기 때문이다."

영화 속 대사에도 나오지만, 이건 철학자 니체가 남긴 말이야. 인간에게 망각은 신의 선물일지도 몰라. 그렇다면 당신이 기억을 잃어가는 것도 신의 선물일까? 신은 당신에게는 선물을 주고 대신 내게는 벌을 주고 있는 걸까?

그날 영화가 끝나고 경수와 수연은 함께 밥을 먹었다. 경수가 먹자고 했다. 밥을 먹고 나서는 술도 마셨다. 술은 수연이

마시자고 했다.

"사랑에 빠진 사람들은 피련적으로다가 헤어질 수밖에 없써여. 서로를 쪽쪽드리 아라가면서 계속 사랑하긴 정말 어려운 이리니까여."

술이 한 잔 두 잔 들어가자 수연의 혀가 점점 꼬이기 시작했다.

"정말 그렇게 생각해요?"

경수가 물었다.

"경수 님은 그렇게 생각 안 하나 봐요?"

"네. 그건 사랑이 뭔지 모르는 사람들이나 할 수 있는 말 같아요. 사랑은 그런 게 아니거든요. 상대를 알아가면서 자신과 맞지 않는 걸 발견하고 그래서 결국 그것 때문에 그 사람이 싫어진다면 그건 애초에 사랑한 게 아닌 거죠. 그런 건 그냥 우리가 살면서 겪게 되는 수많은 만남 중 하나일 뿐이에요. 만나고 헤어질 때마다 다 사랑이라고 하면 이 세상에 사랑이 너무 많죠."

경수는 헤어진 썸머를 떠올렸다. 경수는 그동안 썸머를 정말 사랑했다고 생각했다. 당연히 고통이 심한 것도 그래서였다고 생각했다. 그런데 그 고통이 조금씩 또 다른 삶에 희석되고 어느 순간부터는 그녀가 거의 잊힌 것처럼 느껴지는 순간이 왔는데, 그때 그녀가 헤어지자며 했던 말이 다시 떠올랐다.

"그냥."

그냥 헤어지자는 그 말이 그땐 그렇게 화가 나고 어이가 없었는데 생각해보니 썸머가 그냥이라고 했던 건 자신을 떠보기 위함이 아니었나 싶었다. 그녀는 이미 알고 있었던 게 아닐까. 시간이 지나면 경수가 그녀를 점점 잊게 될 거란 걸. 경수가 사랑이라고 믿고 있던 것이 사실은 한여름 밤 식지 않는 열기 같은 것이라고. 그러니까 최소한 새벽녘에는 사라질 수도 있는 열기에 불과한 거라고. 가을이 되고 겨울이 오면 까맣게 잊게 될 열대야의 기억 같은 거라고. 물론 경수는 그녀가 그렇게 말했어도 바로 반론을 펼쳤을 거다. 500일도 아니고 1,000일 동안 사랑했노라고. 그사이에 겨울을 세 차례나 겪었다고. 그래도 내 사랑은 식지도 변하지도 않았다고 말이다. 물론 그때 경수는 고작 일주일 동안 사랑하고 그 일주일을 운명으로 받아들인 채 평생을 잊지 못하는 사랑에 대해서는 듣기 전이었다. 알았다면 그렇게 자신만만하게 말하지는 못했을 거다.

수연은 홀짝홀짝 계속 마셨다. 경수가 걱정스런 얼굴로 그만 마셔야 할 것 같다고 했을 때는 이미 늦어서 수연은 이제 정신이 돌아오는 중이었다. 그러니까 수연의 술버릇은 참 이상했다. 처음 한두 잔에 취했다가 한 병쯤 비워질 때가 되면 그때부터 역주행했다. 또렷한 상태로 복귀했다는 얘기다. 반대로 경수는 이제 혀가 점점 말려 들어가는 중이었다. 수연이 경수를 빤히 쳐다보며 말했다.

"전 진짜 평생 못 만날 줄 알았어요."

"누굴요?"

"제가 좋아하는 사람이요. 살면서 다들 절 좋아하기만 했지 제가 나서서 좋아할 만한 사람은 없었거든요."

"근데요? 만났어요?"

"네. 어쩌면요. 이제야."

"이제야? 설마 난 아니죠?"

경수가 정신 나간 사람처럼 큰 소리로 웃었다.

"농담이에요 농담. 하하하."

"맞아요. 경수 님이에요. 농담 아니에요."

경수는 술이 확 깼다.

"근데 농담 같은 사랑……. 그것도 좋네요."

수연이 빈 잔을 채워 또 단숨에 비웠다.

고양이를 닮은 남자

개는 좋을 때 웃는다. 확실히 표정이 있다. 고양이는 거기에 비하면 표정이 없다. 정확히 말하면, 있지만 드러내는 법이 좀처럼 없어서 본 사람도 거의 없다. 영원도 그랬다. 당연히 표정이 있지만 드러내는 법이 없어서 본 사람도 없었는데, 언제부터인가 몇몇 사람들에게 없는 줄 알았던 표정을 들키는 일이 종종 벌어졌다. 언제부터일까 가만 생각해보니 길 건너에 극장이 생기면서부터였다.

"왜 그런 눈으로 보세요?"

하루가 영원에게 한 말이었다. 자신을 바라보는 영원의 눈이 웃고 있었기 때문이다. 하루가 자신과 이름이 같은 고등학교 친구 하루와 극장에서 만난 다음 날이었다.

"그동안 저한테 그런 표정 지으신 적 없잖아요. 뭐예요."

"뭐긴 뭐예요? 어제 동명이인 고교 동창 첫사랑님과 운명적으로 해후한 소감이 어떠신지 묻는 거죠."

또 경수다. 하루는 경수가 이런 상황에서 기가 막히게 나타난다고 생각했다. 그리고 이럴 땐 빨리 자리를 벗어나는 게 상책이라고도. 그런데 그럴 수 없었다.

"어! 사장님! 괜찮으세요?"

경수가 황급히 영원에게 다가갔다. 영원이 갑자기 휘청하며 뒤로 넘어갔기 때문이다.

풀썩— 쿵.

영원이 쓰러졌다.

문어체로 말하는 여자

Q. 영화감독이 되어야겠다고 결심하게 된 어떤 특별한 계기가 있을까
요?

A. 어렸을 때 주말에 TV에서 해주는 영화를 즐겨 봤어요. 그땐 다들
그렇게 영화를 봤으니까요. 그런데 그때 본 영화 중에 〈산 파블로〉
라는 영화가 있었어요. 영어 발음으로 하면 〈샌드 페블스〉였는데
당시 헐리웃의 최고 인기 배우였던 스티브 맥퀸과 캔디스 버건이
주인공으로 나온 영화였어요. 아편전쟁이 발발했던 청나라 때가
배경이었는데요. 스티브 맥퀸이 미 해군으로 나와요. 그런데 내용
중에 스티브 맥퀸이 우정을 나누던 중국인 꼬마가 있는데 그 아이
가 인질로 잡혀서 고문을 당하게 돼요. 스티브 맥퀸은 바다에 접한

성에 있고 인질로 잡힌 아이는 바로 코앞 바다에 떠 있는 중국 배 위에 있어요. 돛대에 꽁꽁 묶인 채 매달려서요. 그리고 보란 듯 고문을 해요. 아이는 고통스러워 비명을 지르고요. 그때 스티브 맥퀸 옆에 중국인 통역사가 있어요. 스티브 맥퀸은 물어요. 아이가 뭐라고 하냐고요. 아이는 살려달라고 외치고 있었어요. 그런데 통역사는 거짓으로 말해요. "고통스러우니 제발 죽여달라고 합니다"라고요. 결국, 스티브 맥퀸은 장총을 들고 아이의 심장을 조준해요. 그리고 방아쇠를 당기죠. 그때 아마 제 나이가 열 살도 안 됐을 거예요. 아무튼, 그 장면을 보고 얼마나 화가 났는지 몰라요. 왜 영화감독은 그 불쌍한 아이를 그렇게 죽게 만들었는지 이해할 수 없었어요. 너무 분하고 영화 속 아이가 불쌍하고 그 아이의 고통을 덜어주기 위해 눈물을 머금고 방아쇠를 당기던 스티브 맥퀸의 모습이 계속 떠올라 그날은 잠들 수가 없었어요. 그래서 그때 결심을 했던 거 같아요. 내가 영화감독이 되면 절대 사람들 마음을 아프게 하는 그런 영화는 만들지 않겠다고요. 보면 즐겁고 행복해지는 영화만 만들겠다고요.

Q. 그럼 이번 감독님의 첫 영화가 바로 그런 영화인가요?

A. 아…… 그게 (난감한 표정을 지으시며) 그게 꼭 그렇진 않을 겁니다.

Q. 왜죠?

A. 어렸을 때 생각은 그랬는데 지금은 어떻게 하면 사람들 마음을 더 아프게 만들고, 흔들어놓을 수 있는지만 생각하는 거 같아요. (웃

음) 어른이 되고 보니 알게 된 거겠죠. 이 세상의 진실이랄까. 그게 즐겁고 행복하지만은 않다는 걸요. 아무튼, 저는 이제 첫 장편영화로 데뷔하는 신인 감독이고 저의 첫 영화는 다소 불편하더라도 진실에 좀 더 가까운 영화가 되길 바랐던 거 같아요. 하지만 이 시기를 지나면 언젠가는 저도 어린 시절에 품었던 밝고 행복한 영화를 만들게 되지 않을까 싶습니다.

"하루 님, 이 인터뷰 기사의 사진 속 남자가 누군지 아시겠어요?"

경수가 하루에게 건넨 건 아주 오래된 영화잡지의 복사본이었다. 인터뷰 기사와 함께 젊은 남자의 사진이 실려 있었는데 오래된 데다 흑백이기는 했지만, 하루는 그가 자신이 아는 그 사람이란 걸 금방 알 수 있었다.

"정말, 맞아요?"

"네. 맞아요."

경수는 진지하게 끄덕였다.

"어쩐지 평범하진 않으셨어요. 하지만 영화감독님이셨을 줄은 몰랐네요. 근데 이 기사 어디서 찾으셨어요? 인터넷에는 검색 안 되는 자료 같은데."

경수는 글 쓰는 데 7, 80년대 한국영화 자료가 필요해서 영상자료원을 찾았다가 우연히 발견했다고 했다.

"그래서 제가 좀 더 찾아봤는데 희한하게 이 인터뷰 기사가 전부고 정작 인터뷰에 소개된 작품 소식은 없더라고요."

"영진위 데이터베이스에도 없나요?"

"없어요. 아마 개봉을 못 했지 싶어요."

"왜 못 했을까요? 저렇게 인터뷰를 한 거 보면 영화는 다 찍었나 본데요."

"그 제작사 대표가 횡령으로 잡혀 들어갔어요. 그리고 나중에 법정관리를 신청했는데 그것도 받아들여지지 않고 부도처리됐다는 기사까지는 나오더라고요. 그 과정에서 영화도 사라진 게 아닐까 싶어요."

"그나저나 무슨 큰 병은 아니시겠죠?"

#

"남자와 여자는 각자 연인 관계인 상대가 따로 존재합니다. 하지만 그건 운명을 만나기 전의 일일 뿐입니다. 그들은 우연한 기회에 만나고 당연히 서로를 한눈에 알아봅니다. 그리고 원래 그렇게 될 사람들인 것처럼 사랑에 빠집니다. 하지만 아직은 둘 사이에 믿음이 필요합니다. 그래서 그들은 운명을 증명하기 위해 다시 만날 약속을 하지만 운명은 그렇게 쉽게 두 사람을 이어주지 않습니다."

영원과 그녀는 대법원과 고등법원이 있는 파리 사법궁 앞 계단에 앉아 있었다. 건물 입구로 들어오는 사람들 대부분이 사법궁 바로 옆에 있는 생트샤펠 성당으로 향했지만, 두 사람은 어쩐 일인지 파리에서 가장 화려하다는 생트샤펠의 스테인드글라스에 관심이 가지 않았다. 그저 얼굴에 기분 좋게 닿는 바람을 느끼며 저만치 오가는 사람들을 바라보기를 택했다. 그녀는 거리에서 산 레몬 소르베를 먹으며 얼마 전 봤다는 영화 이야기를 영원에게 해주었다. 사실 영원도 이미 본 영화였지만 안 본 척했다. 익숙하지 않은 한국어로 진지하게 떠드는 그녀를 바라보는 게 무척이나 즐거워서였다. 그녀의 한국어 실력은 나름 유창했지만, 아무래도 실전 대화 기회가 거의 없어서였는지 모든 말이 책 속의 문장을 읽는 것처럼 문어체였다.

"말끝에 '입니다' '습니다' 대신에 '어요'나 '해요' 같은 말을 써봐요. 그게 대화에는 좀 더 자연스럽거든요."

"지금 제 한국어는 자연스럽지 않습니까?"

"그냥 좀 딱딱하게 들리는 거예요. 하지만 나쁘지 않아요. 영화 이야기나 계속해봐요."

"아, 제목은 〈러브 어페어〉입니다. 옛날에 오리지널 흑백영화가 있었고 그걸 리메이크한 컬러 영화도 있었습니다. 아니, 있었어요. 그 영화에는 캐리 그랜트랑 데보라 카가 나와요. 그리고 방금 얘기한 영화는 워렌 비티랑 아네트 베닝이 역할을 합니다. 아니, 그 역할을 해요.”

“멜로영화를 좋아하나 봐요?”

그녀는 당연하지 않냐는 얼굴로 말했다.

“세상 모든 멜로영화는 다 피할 수 없는 운명을 전제로 해요. 그러니까 사랑은 언제나 운명인 겁니다. 운명 아닌 사랑은 없어요.”

“그럼 우리도 운명일까요?”

그녀가 영원을 빤히 쳐다보았다. 영원은 그 순간 운명을 믿게 되었다.

“글쎄요. 일주일 만에 사랑에 빠질 수가 있나요?”

“그럼요. 난 하루 만에 빠졌는데요?”

“혹시 당신은 선수입니까?”

영원과 그녀는 마주 보며 크게 웃었다. 그러고서 그녀는 잠시 생각에 잠겼다가 이윽고 정리하듯 말했다.

“좀 전에 우리도 운명이냐고 물었죠? 그 답은 우리가 다시 만나게 되면요.”

“그러니까 다시 만나게 되면 운명이란 거죠? 영화에서처럼.”

“네. 영화에서처럼.”

그녀는 헤어질 때 환하게 웃으며 돌아섰다. 멀어져가던 뒷모습이 마지막이었다. 27년 전 파리에서의 일이었다. 영원은 지금도 그녀와 거닐던 파리의 골목들을 생생히 기억한다. 그녀가 얘기한 영화의 주인공들은 결국 다시 만났다. 하지만 현실의 영원과 그녀는 다시 만나지 못했다. 서로가 서로에게 운명이기를 바랐지만, 한 번은 그녀가 거부했고 또 한 번은 영원이 운명을 거부한 셈이 됐다. 그게 영원과 그녀의 운명이었다. 영화는 해피 엔딩이었지만 영원의 삶은 엔딩 없는 지루한 인생이 되고 말았다.

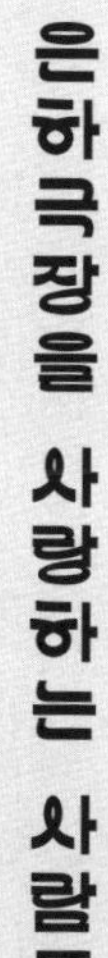

은하극장을 사랑하는 사람들의 모임

폴란드 세탁소

치익— 치익—

영원의 스팀다리미가 뜨거운 증기를 뿜어내며 옷의 구김을 지웠다.

"왜 말씀 안 하셨어요?"

하루가 물었다.

"무슨 자랑거리라고."

"왜 자랑거리가 아니에요. 영화감독님이셨잖아요. 그 시절에 단편영화로 칸에 초청까지 받았으면 엄청난 자랑거리죠. 거기다 유학도 다녀오시고. 전 하필 왜 폴란드 세탁소인가 했어요."

영원은 하던 다림질을 계속할 뿐 호기심 가득한 하루를 외면

했다. 오늘따라 턴테이블 위에서 돌아가는 LP 음반도 없었다. 정적을 깨는 건 칙— 칙— 스팀다리미가 내는 소리밖에 없다.

"병원에서는 뭐라고 해요? 다시 안 와도 된대요? 한 며칠 더 쉬셨어야 하는 거 아니에요?"

하루가 걱정 반 눈치 반 물었다.

"그 정도면 하루 씨가 하루치 말은 다 한 거 같은데. 아닌가?"

그리고 보니 언젠가부터 하루는 말이 많아졌고 영원은 표정이 늘었다.

"그냥 잠시 어지러웠을 뿐이야. 의사도 괜찮다고 했고. 아, 그날은 고마웠어. 그날 하루 씨랑 경수 씨 아니었음……."

영원은 뒷말을 흐렸다. 그날 아침 하루와 경수가 세탁소에 들르지 않았다면 어떻게 됐을까? 영원이 갑자기 쓰러진 이유는 어지럼증의 원인 중 하나인 '양성 발작성 체위성 현훈' 때문이었다. 복잡하고 낯선 질환명을 갖고 있지만, 흔히들 이석증이라고 말하는 그것이다. 귓속 평형기관의 아주 작은 칼슘 부스러기를 일컫는 이석이 자기 자리를 벗어나 반고리관으로 들어가면서 발생한다. 흔히 눕거나 일어설 때, 혹은 고개를 돌릴 때 심한 어지럼증이 짧게는 몇 초에서 1분 이내로 계속된다. 증세가 심하면 구토를 유발하기도 하지만 일반적으로 중추신경계 질환처럼 심각하지는 않다는 게 의사의 말이었다.

영원은 잠시 상상해봤다. 만약 그날 아침 하루와 경수가 세탁소에 들르지 않았다면 영원은 다림질을 하다 이석증으로 어지럼증을 느끼고 혼자 쓰러졌을 거다. 그 자체는 아주 심각한 상황이 아닐 수 있지만, 운이 조금만 없었더라면 아니 운이 조금만 따라주었다면 쓰러지면서 작업대 모서리에 뒤통수를 찧고 뇌진탕을 일으켜 다시 깨어나지 못했을 수도 있지 않을까. 그랬다면 하루와 경수는 한발 늦게 세탁소에 들러서 이미 숨이 멎은 영원을 발견했을지도 모른다. 차라리 그랬다면 좋았겠다, 라는 생각을 아주 잠깐 했다. 애먼 하루와 경수에게는 남은 인생에 좋지 않은 기억 하나를 남겨주는 일이었겠지만.

영원은 다림질이 끝난 옷을 옷걸이와 비닐 포에 싸서 천장에 걸었다. 하루는 항상 앉는 자리에서 영원을 말없이 지켜봤다. 영원이 뒤늦게 세탁소 안이 너무 고요하다는 걸 깨닫고 턴테이블 위에 음반을 올렸다. 곧 듣기 좋은 기타 아르페지오와 함께 맷 벨라미의 애절한 보컬이 세탁소 안을 메웠다. 뮤즈의 〈Unintended〉라는 곡이다. 며칠 전 늦은 밤 산책 겸 길고양이 밥을 챙겨주러 나갔다가 그사이 동네에 중고 LP 가게가 생긴 걸 알게 됐다. 빈손으로 나간 터라 다음 날 낮 지갑을 챙겨 다시 찾아가봤는데 간판도 없는 가게에 사람들이 많아서 놀랐다. 영원은 그날 뮤즈와 딥 퍼플의 음반 몇 장을 골랐다. 영원은 젊었을 때는 뮤즈의 곡들이 어쩐지 좀 중2병스럽게 느껴졌는데 나이가 드니 유치하게 느껴졌던 그 허무의 아우라가 한 없이 애절하게 들렸다. 노래 가사는 사랑이 의도치 않은 거라는 이야기를 하고 있다. 당연한 얘기다. 누구도 미리 계획하고 사랑에 빠지지 않는다. 사랑은 흔한 표현이지만 교통사고와 다를 바 없다. 맷 벨라미가 "I'll be there as soon as I can"을 속삭일 때 영원은 지나간 사랑을 떠올렸다. 그녀와 헤어질 때 영원은 그렇게 말했다. 무조건 당신에게 갈 거라고. 그것도 최대한 빨리. 하지만 그 약속을 지키지 못했다. 의도하지 않았으나 사랑에 빠졌고, 사랑을 지키려는 의도는 실패로 끝났다. 어느새 곡이 끝나고 다음 곡으로 넘어갔다. 영원은 노래 한 곡이 다 끝날 때까지 꼼짝 않고 턴테이블 앞에 서 있었다는 걸 깨달았다. 그리고 그 뒤에선 하루가 혹시 또 영원이 쓰러지는 건 아닌지 걱정스런 마음으로 지켜보고 있었다. 영원은 얕은 한숨을 내쉰 뒤 돌아서서 하루와 마주 봤다.

"하루 씨, 난 실패한 영화감독이야. 아니 감독이었지. 사실 인생 자체가 모조리 다 실패로 끝났어. 그것도 아주 일찌감치. 그러니까 앞으로도 이렇게 세탁소에 오갈 생각이면 내 앞에서 옛날얘기는 하지 않았으면 해."

영원은 작업대로 가다 문득 잊은 게 생각난 듯 돌아섰다.

"그리고 폴란드 세탁소라는 이름은 말이지."

하지만 영원은 막상 하려던 말을 더 잇지 못했다.

"조금 전 내가 한 얘기는 알아들은 걸로 알게."

하루가 가고 난 후 영원은 후회했다. 이 동네에서 20년 넘게 세탁소를 했고 단골도 꽤 있었지만, 굳이 개인적인 관계를 맺고 대화를 이어간 사람은 거의 없었다. 그나마 극장이 들어서기 전 그 자리에 있었던 단독주택의 노부부 정도가 나름 안부를 궁금해하던 사이였다. 그런데 어느 날 우연히 난처한 상황에 처한 청년 하루를 만났다. 영원의 입장에서 그를 돕는 건 대단한 일이 아니었다. 그런데 하루 입장에서는 그렇지 않았던 거 같다. 하루는 며칠 뒤 길 건너 극장에 출근하게 됐고, 매일 아침 출근 전 영원의 세탁소에 먼저 들렀다.

"안녕하세요."

"왔어요?"

　⋮

"안녕하세요. 비가 오네요?"

"왔어요? 그러게, 비가 오네?"

　⋮

"안녕하세요. 가게 앞에 못 보던 애들이 있네요?"

"아, 삼색이 봤구나."

"네. 어디서 온 애죠?"

"모르겠어. 엊그제부터 보이기 시작했는데 유기된 애일 수도 있고."

:

"안녕하세요. 오늘 저녁때 영화 보러 안 오실래요?"

"……."

짧게는 30초. 길어봐야 3~4분. 아침마다 짧은 인사를 나누는 게 다였지만 두 사람 모두에게 어느새 톱니바퀴 돌아가듯 하는 일상의 중요한 부분이 되었다. 매일 똑같은 일상이지만 길게 보면 매일매일이 변화기도 했다. 그리고 또 한 사람, 경수. 그는 어느 날 갑자기 나타나 영원을 제멋대로 오기 사장님이라 불렀다가 또 히라야마 삼촌이라 불렀다. 영원으로서는 어이없는 일이었지만 어쩐지 밉지 않았다. 그래서였을까? 영원은 경수에게 그만 방심하고 거리를 허락하고 말았다. 생각해보면 모든 게 다 길 건너 새로 생긴 극장 때문이었고 또 영화 때문이었다.

침묵에 가까운 일상을 살던 영원에게는 그동안 여러 표정이 필요치 않았다. 그런데 언제부턴가 영원은 다양하지는 않아도 구별되는 표정을 짓고 있는 자신을 발견했다. 이전에는 없던 변화였다. 하루와 경수의 강권에 못 이기는 척 나가기 시작한 은사모 활동은 오랫동안 잊고 있던 즐거움을 일깨워줬다. 좋은 영화를 보고 좋은 사람들과 영화에 관한 이야기를 함께 나누는 그런 평범한 순간들이 다시 주어질 거라 생각해본 적이 없었다. 그런데 그런 시간이 즐거우면 즐거울수록 마음 한

구석에서는 죄책감이 스멀스멀 피어올랐다. 아직 그래서는 안되는 거였다. 영원이 세탁소를 하며 살기로 한 건 하찮은 꿈 때문에 형을 떠나보낸 데 대해 스스로 내린 일종의 벌이고 끝이 정해지지 않은 유배였다. 영원은 그걸 스스로 끝낼 권리가 자신에게 없다고 생각했다.

영원은 턴테이블에 딥 퍼플의 'Machine Head' LP를 올렸다. 형은 딥 퍼플의 팬이었다. 1990년대 말 영원은 폴란드 유학 때 찍은 졸업 작품이 칸에 초청되면서 파리에 갈 수 있었다. 말 그대로 '꿈같은' 일이었다. 그리고 그곳에서 영원은 평생 잊지 못할 그녀를 만났다. 그런 그녀와의 만남이 운명임을 증명하기 위해 1년 후 파리에서 다시 만나자는 약속을 했다. 그해 영원은 한껏 희망에 부풀어 있었다. 보이는 모든 게 장밋빛이었다. 충무로에서 당시 잘나가던 유명 제작자가 유럽 유학파 신인 감독을 영입해 선진 프로듀서 시스템을 접목한 새로운 영화를 만들겠다고 선언했는데, 그 신인 감독이 바로 영원이었다.

영원은 제작사의 제안을 받자마자 3년간의 폴란드 생활을 정리하고 돌아와 데뷔작 준비에 열을 올렸다. 쉬울 거라 생각하진 않았지만 아직은 도제 시스템이 남아 있던 충무로 영화판에서 경험도 없고 나이도 어린 유학파 신인 감독이 자기 능력을 발휘하기엔 넘어야 할 장애물이 많았다. 몸이 힘든 건 그나마 견딜 만했다. 하지만 영원의 상식으로는 이해할 수 없는 불공정하고 때론 부도덕한 일들이 수시로 터졌다. 상무라는 직함을 단 투자사 직원이 캐스팅을 미끼로 단역 여배우를 술자리에 불러내는 일이 있는가 하면 제작사 대표는 PD와 짜고 투자금 일부를 차기 영화의 캐스팅 계약금으로 몰래 지출한 게 들통났다. 게다가 강우 장면을 찍기로 한 날 비를 뿌리는 살수차를 분명 세 대 설치하기로 했는데 현장에 가보니 한 대만 와 있고 제작부원들이 철물점에서 고무호스를 사다가 일일이 구멍을 내고 있었다. 고무호스로 비를 뿌리겠다는 야무진 생각이었는데 화면 안에서 비를 커버할 공간을 생각하면 말도 안 되는 헛짓거리였다. 헌팅 때 픽스한 현장이 촬영 하루 전에 바뀌는 일도 수시로 벌어졌다. 영원은 어느 순간 영화 현장에 나가는 게 두려워졌다. 카메라는 돌아가는데 제대로 찍고 있는 건지 확신이 서지 않을 때가 많았다. 그래도 그때마다 파리에서 만난 그녀를 떠올렸다. 그녀를 다시 만나야 했다. 만나서 반드시 서로의 운명을 증명해야 하고, 그러려면 자신에게 찾아온 이 기회를 먼저 잡아야만 했다. 영원은 그때까지만 해도 밤마다 데뷔작으로 칸 영화제에 초청되어 그곳에서 운명의 그녀와 조우하는 행복한 꿈을 꾸곤 했다. 비록 현실의 촬영 현장은 지옥보다 나을 게 없었지만, 그래도 영원은 지옥에서 천국을 바라보고 있었다. 그 시간 동생의 빛나는 미래를 위해 정작 하나뿐인 형이 지쳐 병들어가고 있었던 사실도 모른 채 말이다.

은하극장을 사랑하는 사람들의 모임

"무슨 일이세요? 극장 밖에서 만나자 하시고요."

"따로 의논드릴 분이 하루 님밖에 없어서요. 하루 님은 오기 사장님이랑 많이 친하시잖아요."

"요즘엔 저보다 경수 님이 더 친하신 거 같은데요?"

하루는 경수가 종종 영원과 격의 없이 지내는 모습을 보며 유치한 줄 알면서도 일종의 질투심을 느꼈다. 경수가 영원에게 오기 사장님이니 히라야마 삼촌이니 제멋대로 부를 때 그랬다.

"지금 그게 문제가 아니고요."

경수는 하루에게 얼마 전 우연히 알게 된 일을 전했다. 주위에 아무도 없는데도 굳이 귀엣말하듯 속삭이는 바람에 하루는 어쩔 수 없이 45cm 안쪽의 친밀한 거리를 허락해야만 했다. 다시 만난 옛 친구 하루와도 아직은 45cm와 120cm 사이에 머무르고 있는데 말이다. 하루가 딴생각을 하는 와중에도 경수는 사뭇 진지했다.

"실은 제가 일부러 본 건 절대 아니고요. 세탁소에 갔는데 오기 사장님이 잠깐 자리를 비우셨더라고요. 근데 마침 작업대 위에 사장님 노트북이 켜 있었던 거죠."

"그래서 뭘 보신 건데요?"

"그게 그러니까……."

경수는 잠시 망설였지만 결국 입을 열었다.

"그게 전부 존엄사 관련 자료들이었어요."

예상치 못한 이야기였지만 존엄사라는 말이 낯설지는 않았다. 하루가 은하극장에서 일할 수 있게 된 데는 자기소개서 대신 보낸 영화 리뷰 한 편이 결정적인 역할을 했다. 그때 쓴 영화 〈아무르〉가 전하고자 했던 화두도 결국 인간이 존엄하게 죽을 권리였다. 어찌 됐든 하루는 경수의 이야기가 그냥 해프닝으로 끝났으면 했다. 그래서 최대한 별일 아닌 것처럼 말하려고 했는지도 모른다.

"존엄사라면…… 누구나 궁금해서 찾아볼 수 있는 거 아닌가요?"

"제가 봤을 땐 궁금해서 호기심에 검색해본 그런 수준이 아니었어요.”

“경수 님 지금 무슨 얘기가 하고 싶으신 거예요? 그래서 설마 세탁소 사장님이…….”

“네. 제 생각에는 아무래도 그런 거 같아요.”

하루는 경수가 능력 있고 똑똑한 사람이지만 평소 다소 경박해 보인다고 생각했던 터라 무작정 같이 진지해질 수는 없었다.

“요즘 자주 이슈가 돼서 그렇지 그거 실제로 하려면 조건이 엄청 까다로워요. 스위스행 비행기표만 끊는다고 가서 죽을 수 있고 그런 거 절대 아니라고요. 그게 되려면 이미 죽을병에 걸려 있어야 하고요. 또…….”

“제 말이 그거예요. 그래서 노트북에 그 까다로운 조건에 대한 자료가 엄청 빼곡했다는 얘기를 하는 거예요. 그리고 무엇보다 하루 님도 저랑 같이 봤잖아요. 사람이 그렇게 픽 쓰러지는 게 정상이에요? 그게 어떻게 괜찮아요. 전 그날 오기 사장님 어떻게 되시는 줄 알았다고요!”

경수에게 영원은 아버지뻘까진 아니어도 삼촌뻘은 됐다. 사실 경수는 처음 영원을 보고 아버지가 떠올랐다. 딱히 어디가 닮아서는 아니었는데 이제 와 생각해보니 아버지와 비슷한 점이 있었다. 영화배우를 꿈꿨던 아버지와 한때 영화감독이었던 영원. 그리고 둘 다 실패한 인생이라는 점. 물론 아버지는 꿈만 있었지, 재능은 뒷받침되지 않았던 케이스였고 영원은 그와 달리 그저 지독하게도 운이 없었다고 보는 게 맞았지만 그랬다. 너무 급하게 떠나버린 아버지를 잡지 못한 후회 때문인지 경수는 애먼 영원의 안위가 걱정스러웠다. 불안해진 건 하루도 마찬가지였다.

"제가 오늘 아침에 뵀을 때도 여쭤봤어요. 사장님은 쓰러지셨던 거 별거 아니라고 말씀하셨고요."

"하루 님 그걸 믿어요? 저한테도 괜찮다고 했어요. 근데 그게 거짓말이면요? 우리가 솔직히 가족도 아니고, 또 그분 성격이 뭐 아픈 데가 있다고 그걸 동네방네 소문내고 다니실 분이에요?"

"그래서 경수 님 생각에는 세탁소 사장님이 무슨 불치병 같은 거라도 걸렸을 거란 거예요?"

#

다음 날 은사모 회장 경수는 시간이 되는 회원들을 소집했다. 돌아올 날을 정하지 않고 떠났던 수연과 연수가 어느새 돌아왔고, 첫사랑이자 짝사랑인 줄로만 알았던 하루와 재회에 성공한 동명이인 하루도 은사모 회원 자격으로 참석했다. 경수가 운을 뗐다.

224

"여러분 길 건너 폴란드 세탁소. 거기가 왜 폴란드 세탁소인
지 아세요?"

경수는 그날 영원의 일을 돕다 알음알음 알게 됐던 사실을
회원들에게 먼저 전했다. 영원은 풍진동에서 세탁소를 하면서
근처에 있는 요양원과 고아원, 야학 등에 기부는 물론 세탁 관
련 봉사를 오래도록 해왔다. 경수는 그런 사실을 알게 된 후로
알바비를 받으면 그 단체에 도로 기부했다. 평소 무뚝뚝하고
과묵한 영원이 봉사활동을 꾸준히 해온 데에는 나름의 동기와
사연이 있었다.

일찍 세상을 떠난 부모 대신 동생을 돌보고 후원해주던 형
동원은 영원이 폴란드에 유학 가 있는 동안 세탁소 사업을 벌
여 프랜차이즈 형태의 비즈니스로 키워가는 중이었다. 사업
초기에는 투자도 원활했고 시장의 반응도 좋았지만 결국 IMF
가 발목을 잡았다. 그래도 동생 영원이 걱정할까 싶어 동원은
그 와중에도 어려운 티를 내지 않았다. 그사이 동원은 급격히
건강을 잃어가고 있었다. 온갖 경제적 압박에 시달리던 동원
은 회사가 부도처리되기 전 가진 걸 모두 팔아 직원들의 밀린
임금을 처리해주고는 텅 빈 사무실에 홀로 있다 쓰러졌다. 다
음 날 건물 경비원에게 발견됐을 때는 이미 의식이 없는 상태
였다. 의사는 한참 후에 나타난 영원에게 조금만 더 일찍 발견
됐더라면 그렇게까지는 되지 않았을 거라고 했다. 영원은 형

이 의식을 잃고 홀로 쓰러져 있을 때 술자리에 있었다. 영화 촬영을 끝내고 축하 파티가 있던 날이었다. 다음 날 숙취로 늦잠을 자고 일어난 영원은 뒤늦게 형의 소식을 들었고, 병원으로 달려갔으나 형은 영원을 알아보지 못했다. 영원은 형이 쓰러지기 전 자신에게 전화를 걸어왔던 사실을 알게 됐다. 형은 영원이 전화를 받지 않자 음성메시지를 남겨놓았다.

"내 동생 영원이가 많이 바쁜가 보구나. 영원아, 형이 많이 미안해. 영화 찍느라 힘들 텐데 도움도 못 주고. 근데 실은 형도 요즘 쫌 힘든 일이 있었어. 흐흐, 그래 회사가 좀 안 좋아. 그래서 직원들도 다 내보냈고. 그래도 직원들 밀린 봉급은 어찌어찌 다 해결했더니 그나마 마음이 좀 편하네. 흐흐, 근데 형 완전히 망한 거 아냐. 형 다시 시작할 수 있어. 사람들은 형이 가진 거 다 날린 줄 아는데 딱 하나는 남겨뒀거든. 너 풍진동 알지? 거기 세탁소가 하나 있어. 그건 왜 안 뺏겼냐 하면 내 이름이 아니라 네 이름으로 되어 있거든. 흐흐, 세탁소 간판도 맞춰뒀어. 이름하여 폴란드 세탁소! 네 인생이 피기 시작한 게 폴란드에 가면서부터잖아. 그래서 그렇게 지었어. 어때, 너도 좋지? 형 거기서 처음부터 다시 시작할 거야. 그러니까 넌 지금까지 그래온 것처럼 형만 믿고 너 하고 싶은 거 다 하면서 살아. 알았지! 하하하하."

오른손이 한 일을 왼손도 모르게 잘도 숨겨오다 끝내 겉으로 드러난 영원의 선행은 사실 동네 미담 정도로 반짝 소비되고 말 일이었지만, 공교롭게도 그 자리에 있던 은사모 회원들은 모두 영원의 도움을 최소한 한 번씩은 맛본 이들이었다. 하루는 극장주를 처음 만나러 가던 날, 길에 방치된 손가락 마디만큼의 물웅덩이에 빠졌다가 영원에 의해 구출됐고, 불면증에 시달리던 연수는 영원에게서 낮 시간 한가로운 극장에서의 숙면이란 획기적 처방전을 받아들었다. 거리에서 길 잃은 아이처럼 펑펑 울던 수연에게 세탁소 안의 가장 편안한 자리를 내어준 것도 영원이었다.

그뿐이 아니다. 얼마 전 경수는 한 인터넷 매체에 잘나가던 회사를 때려치우고 프로 백수로 전업(?)에 성공한 아이콘으로 소개됐는데, 그러자 댓글에 누군가가 경수의 흑역사를 캐서 올렸다. 경수가 과거 다니던 증권회사의 매매 프로그램 알고리즘을 조작해 회사와 고객에 엄청난 손해를 입히고 튀었다는 내용이었다. 어디서 찾아냈는지 경수의 회사 시절 사진까지 합성되어 돌아다녔다. 그런데 며칠 뒤 그 글에 댓글이 달렸다. 댓글 작성자는 경수를 가까이서 지켜봐 사실관계를 어느 정도는 알고 있다고 밝히며 만약 원글이 가짜 뉴스라면 받게 될 법적 책임에 대해 조목조목 상세히 설명했다. 그리고 삭제와 사과가 이루어지지 않는다면 곧 법정에서 만나게 될 거라고 경고했다. 흥분하는 기색도 거친 언사도 없이 사실관계만 차갑

게 나열된 글이었다. 댓글 작성자는 자신의 글을 지우고 경수에게 사과 글을 남겼다. 경수는 자신을 위해 댓글을 써준 이가 영원이라는 걸 대번에 알아차렸다. 전날 경수가 술에 취해 영원 앞에서 억울하다고 주정을 부렸기 때문이다. 그때 경수가 그랬다.

"오기 사장님! 아니 오기 삼촌! 나 진짜 억울한데 억울하다고 말 못 해요. 왠 줄 알아요? 그 대가로 3년 치 월급을 더 받아서 나왔거든요, 크크크. 그니까 억울한데 또 억울한 건 없어요. 크크크."

영원은 말없이 듣고만 있었고 경수는 술 취한 김에 당시에 있었던 일을 미주알고주알 다 털어놓았다. 영원은 다 듣고 난 후 이렇게 말했다.

"잘했어."

"잘했다고요?"

"응. 잘했어."

"그럼 경수야, 라고도 한번 해주세요."

경수는 그날 밑도 끝도 없이 잘했다고 말해주는 영원 앞에서 오열했다. 원래 조금 슬픈 영화만 봐도 눈물샘이 터지는 경수지만 그날의 울음은 좀 달랐다. 왠지 먼저 떠난 아빠가 해주는 말 같아서였다.

"잘했어! 경수야."

#

경수와 하루는 그날 은사모 회원들 모임에서 영원이 존엄사를 꿈꾸고 있다는 의혹에 관해선 이야기하지 않았다. 아직 확실치도 않고 설사 그렇다고 해도 동네방네 소문낼 일은 아니라고 생각했다. 대신 저마다 크든 작든 영원에게 빚지고 있는 마음을 확인했으니 그 마음을 모아 영원을 위해 뭔가를 해주자는 큰 틀에 합의했다.

영원이 은하극장에서 혼자 영화를 보고 있던 그 시간, 또 다른 공간, 어느 극장에서 같은 영화를 보며 영원을 떠올리고 있는 이가 있었다. 일테면 어떤 영화에서 서로를 그리워하지만 헤어질 수밖에 없었던 남주와 여주가 함께 들었던 음악을 배경 삼아 서로 다른 공간에서 춤을 추는 장면이 두 개로 분할된 화면에 보이는 것처럼 말이다.

그녀는 오랜만에 극장을 찾았다. 우연히 길에서 본 영화 포스터에서 빔 벤더스라는 이름을 발견해서였다. 그녀는 자신이 생각하는 그 빔 벤더스가 맞겠지? 하며 잠깐 의심했다. 그 시절 〈베를린 천사의 시〉는 요즘 말로 그녀의 최애 영화였다. 하지만 그게 언제 적의 일인가. 헤아려보니 30년도 훨씬 지난 영화였다. 그녀에게는 엊그제 같은데 말이다. 아무튼, 그 빔 벤더스가 맞았다. 검색을 해보니 일본 배우가 나오는 일본에서 찍은 영화였다. 세계적인 거장이지만 그조차도 영화 투자를 받기 어렵던 차에 도쿄 올림픽을 홍보하기 위한 다큐멘터리 제안을 받았다고 한다. 그런데 감독이 차라리 영화로 찍으면 어떻겠냐고 제안해서 만들어진 작품이라고 했다. 그렇게라도 영화가 만들고 싶었던 그 마음이 그녀는 왠지 짠했다. 야쿠쇼 코지가 칸 영화제에서 남우주연상을 받은 건 영화를 보고 나온 후에 여운이 가시지 않아 이리저리 리뷰를 찾아보다 알게 됐다. 상을 받을 만했다고 생각하며 그녀는 그를 떠올렸다. 희한한 일이었다. 영화를 보는 내내 그가 떠올랐기 때문이다.

안타깝지만 그에 대한 그녀의 기억은 27년 전의 것이다. 그런데 영화를 보며 문득 그의 얼굴에 그간의 세월이 새겨졌다면 극 중 히라야마와 비슷하지 않을까 생각하게 됐다. 그녀는 피식 웃었다. 방금 본 영화가 더욱 소중해졌다. 그녀는 그와 함께 파리 뒷골목을 거닐다 어느 카페에서 들려오는 벨벳 언더그라운드의 〈Pale Blue Eyse〉에 걸음을 멈추었던 기억을 떠올렸다. 마치 어제 일 같았다. 영화에서 패티 스미스의 곡이 나올 때도 어김없이 그가 떠올랐다. 그녀는 웃음을 머금고 입 밖으로 소리를 냈다.

“미안해요. 히라야마와 당신은 전혀 달라요. 무엇보다 당신은 말이 많잖아요. 그런데도 말 없는 히라야마를 보며 당신을 떠올린 게 참 신기하죠? 그나저나 당신도 이 영화를 봤을까요? 저는 좋았지만, 왠지 당신은 좋아하지 않았을 거 같아요. 영화는 별다른 사건 없이 흘러가거든요. 저는 그래서 좋았던 건데 당신이라면 아마 이렇게 말하지 않았을까요? '사건 없는 영화는 영화가 아니야. 그걸 왜 봐야 해?'라고요. 당신이 뷔트 쇼몽 공원의 경사진 잔디밭에 앉아 열띤 표정으로 영화의 플롯과 서사와 캐릭터에 대해 떠들던 모습이 떠올라요. 당신은 영화를 사랑했죠. 당신의 영화는 어떻게 됐나요? 또 당신의 사랑은요. 가끔 당신이 궁금해요. 아니 자주 궁금해요."

우리들의 공통점

미국 뉴저지주 패터슨에 사는 패터슨은 시인 에밀리 디킨슨을 좋아하는 버스 운전사다. 패터슨에는 한때 윌리엄 카를로스 윌리엄스라는 시인이 살았다. 그래서 여행객 중에는 윌리엄스의 발자취를 찾아 패터슨을 방문하는 이들도 종종 있다. 매일 버스 운전석에 앉아 이 소박한 도시의 곳곳을 누비는 패터슨은 틈틈이 작은 노트에 그날 하루 동안 보고 느낀 단상들을 시로 옮기곤 한다.

주인공의 이름이 영화의 제목이기도 한 그 영화에서 경수는 영원을 떠올렸다. 그리고 하루도 떠올렸다.

영화 〈패터슨〉은 패터슨에 사는 버스 기사 패터슨의 일주일을 보여준다. 그는 매일 아침 같은 시간에 일어나 톱니바퀴처럼 이어지는 하루를 보낸다. 매일매일 사소한 일들이 일어나고 좀처럼 특별한 일은 벌어지지 않는다. 영화 후반부에 가서야 단 한 번 가슴이 철렁하는 사건이 벌어지기는 한다. 패터슨이 매일매일 정성스레 꾹꾹 눌러 쓴 시가 담긴 노트를 반려견이 잘근잘근 씹어 먹은 거다. 아날로그 성향의 패터슨에게는 백업본도 없었다. 하지만 패터슨은 그 충격마저 안으로 삭이고 만다. 그는 이렇게 말한다. 그건 그냥 물 위에 쓴 낱말일 뿐이었다고. 여기서 '그것'은 그가 쓴 '시'다.

경수는 이른 새벽, 어제와 같은 시간에 일어나 소설을 구상하고 에세이 한 편을 썼다. 그러다 시도 한번 끼적여보고 온라인 은하레터에 올릴 영화 리뷰를 쓴다. 글을 쓰면 시간이 잘 간다는 생각이 들 때면 오전 11시 즈음이다. 이제 산책을 겸한 동네 탐방을 나섰다가 아주 바쁜 점심 피크를 피해 연수와 철호의 회사랑에 들러 식사를 한다. 그게 경수가 회사를 그만두고 이사를 온 후로 하루도 빼지 않고 지키려는 일상의 루틴이다. 경수는 영화 〈패터슨〉에 관해 쓰면서 또 사소한 깨달음을 얻는다. 일찍이 경수는 다수의 멜로영화를 통해 사랑에 빠진 남자는 하나같이 바보가 된다는 깨달음을 얻은 바 있다. 그리고 이번에 새로 얻은 깨달음은 일상의 루틴을 지키고 소중히 여기는 이들은 모두 상실을 극복하기 위해 애쓰는 사람들이란 것이었다.

〈패터슨〉은 영화 내내 사건이라 할 만한 어떤 일도 일어나지 않는 영화다. 대부분의 헐리웃 영화들은 강렬한 사건이 터지고 최강의 빌런이 등장하고 그로 인해 주인공은 고난과 갈등을 겪으며 성장하고 결국 해피 엔딩으로 끝난다. 하지만 〈패터슨〉 같은 영화들은 흔한 헐리웃 영화의 공식을 비껴간 탓에 대중적인 흥행과는 거리가 먼 예술영화 취급을 받는다. 경수는 그래도 그런 사람 냄새 나는 영화들이 좋았고, 생각해보니 세탁소 주인이자 한때 영화감독이었던 영원이 바로 그런 영화들과 많이 닮아 있었다. 경수가 영원을 향해 오기 사장님이니 히라야마 삼촌이니 하고 부른 걸 생각해보면 모든 게 우연이라 할 순 없었다. 생각해보니 은하극장 매니저로 만난 하루도 비슷한 유형이었다. 매일 출근 시간보다 정확히 한 시간씩 빨리 나와서 그날 해야 할 일들을 톱니바퀴 돌아가듯 정해진 시간에 나누어 처리했다. 그런데 재미있는 건 경수 자신도 크게 다르지 않다는 점이었다. 경수는 문득 그게 왜일까 궁금했다. 그리고 그 궁금증을 수연이 간단하게 풀어줬다. 그러고 보면 수연과 함께 있으면 모든 게 명징해지는 느낌이 들었다. 썸머와 있을 땐 모든 게 항상 모호했는데 말이다.

"제가 볼 때 〈퍼펙트 데이즈〉와 〈패터슨〉은 쌍둥이 같은 영화예요. 둘 다 별다른 사건도 없고 그냥 별일 없는 일상을 담담하게 다루는 것처럼 보여요. 하지만 그게 다가 아니죠. 최소한

〈퍼펙트 데이즈〉만큼은 자신 있게 말할 수 있어요. 그건 상실
에 관한 이야기라고요."

상실(喪失)

1. 명사) 어떤 사람과 관계가 끊어지거나 헤어지게 됨.
2. 명사) 어떤 것이 아주 없어지거나 사라짐.

수연의 이야기는 그랬다. 영화 속 남자는 매일매일 자기 루
틴을 지키며 영화 제목처럼 완벽한 하루를 사는 거처럼 보이
지만, 그게 수연의 눈에는 강박으로밖에 보이지 않았다는 거
다. 그러니까 평온해 보이는 남자의 일상은 자기 자신과의 치
열한 싸움의 결과였을 뿐이다. 남자가 그렇게 된 데는 자기 자
신을 잃지 않으려고, 궁극적으로는 상실감을 애써 잊으려는
행위가 분명하다고 했다.
 "수연 작가님 말이 맞다고 하면 그 상실감의 정체는 뭘까
요? 영화에는 나오지 않잖아요."
 수연은 일말의 망설임도 없이 자신 있게 답했다.
 "뭐가 있겠어요. 당연히 사랑이죠."
 경수는 속으로 중얼댔다. 당연히…… 사랑.
 "사람이 살면서 상실감에 빠진다면 그건 둘 중의 하나거나
둘 다일 거예요. 그러니까 사랑을 잃었거나, 사람을 잃었거나

아니면 사랑도 사람도 다 잃었거나.”

창하는 수연에게 정말 수천 번 사랑한다고 말했는데, 그중 마지막으로 했던 사랑한다는 말은 거짓말이었다고 한다. 창하는 그날 더 이상 자신이 수연을 사랑하지 않는다는 사실에 충격을 받고 스스로에게 실망했지만, 수연을 사랑했던 그 마음은 끝내 돌아오지 않았다고 한다. 그 이야기를 들은 날 수연은 몸에서 수분이란 수분이 다 빠져나갈 만큼 울었다. 수연이 우는 동안 곁에는 아무도 없었다.

“어떻게 그렇게 잘 알아요?”

경수가 수연에게 물었다.

“제가 겪는 중이니까요. 내 것인 줄 알고 있다 잃어버린 것 때문에 나 자신이 무너져 내리지 않게 저도 매일 아침 같은 시간에 일어나려고 노력 중이고요, 남들 하는 것처럼 음식 먹기 전에 사진도 찍고요, 그걸로 메신저 프로필도 업데이트하고요, 노이즈 캔슬링 잘되는 비싼 헤드폰도 사고요. 그렇게 평범한 일상을 지켜내기 위해 애쓴다고요.”

경수는 그러고 보니 희한한 일이라고 생각했다. 은하극장을 매개로 만난 이들에게는 저마다 공통점이 있었다. 다들 애쓰며 살고 있었고 무엇보다 영화를 사랑했고 무언가를 잃어버렸고 그래서 외로운 사람들이었다.

감당(堪當)

1. 명사) 일 따위를 맡아서 능히 해냄.

2. 명사) 능히 견디어냄.

수연은 어려운 문제에 부닥치면 자기 자신에게 같은 질문을 던지는 버릇이 있다. 이렇게.

"감당할 수 있겠어?"

그러고는 주위 사람들이 듣고 놀랄 만큼 큰 소리로 밖을 향해 외쳤다.

"당연하지!"

그러고 나면 정말 아무리 어려운 일도 다 감당할 수 있을 것 같았다. 다만 창하와 헤어지기 전까지만 그랬다. 그 후로는 그게 뭐든 다 감당하기 어려웠다. 그런데 옛 친구 연수를 우연히 다시 만나 수시로 함께 은하극장에서 영화를 보고 그 영화에 대해 떠들고 나면 어쩐지 그 전과 마음이 달라진 걸 느낄 수 있었다. 그날 본 영화는 수연과 연수처럼 친구 사이인 칠월과 안생의 이야기였다. 칠월과 안생은 열세 살 때 처음 만났고 스물 일곱 살 때까지 친구로 지냈다. 당연히 그사이 두 사람에게는 많은 일이 벌어졌다.

친구가 형제와 다른 건 선택의 유무에 있다. 형제는 (부모와 마찬가지로) 자신의 의지와 무관하게 주어지는 운명이지만 친구는 철저하게 자신의 의지에 따른 선택의 결과다. 좋아서 만났지만, 어느새 시들해지면 자연스레 멀어지는 게 친구인지도 모른다. 하지만 그렇다고 해서 친구라는 관계가 끊고 싶어도 끊을 수 없는 형제보다 반드시 하위 단계로 규정되는 건 아니다. 오히려 살다 보면 그 반대의 경우를 더 많이 경험하게 되지 않을까. 수연은 친구들을 떠올려봤다. 자신과 비슷한 취향과 성격이어서 친해진 친구도 있지만, 성격도 취향도 다른데 그런 이유로 친해진 친구도 있다. 영화에서 칠월과 안생은 후자의 경우였다. 유복한 가정에서 모나지 않게 자라 평범하고 안정된 미래를 꿈꾸는 칠월에 비해 안생은 애초에 따뜻한 가정도 희망찬 미래도 없다. 그럼에도 둘이 친해진 건 얼핏 속 깊은 칠월의 마음 씀씀이 덕분으로 보이지만, 사실 이런 경우 마음의 부담을 안고 가는 쪽은 언제나 베푸는 쪽이 아니라 받는 쪽임을 잊지 말아야 한다.

평생 자유로운 영혼이었던 안생은 어느새 떠돌던 삶을 정리했고, 줄곧 안정된 삶을 바랐던 칠월은 정작 하늘 아래 이곳저곳을 떠돌아다니게 됐다. 결국 칠월은 안생이 됐고 안생은 칠월이 됐다. 수연과 연수는 따로 말은 안 했지만, 영화를 보는 내내 비슷한 생각을 했다. 무엇보다 함께 영화를 볼 친구가 곁에 있어서 그것만으로도 많은 위로가 됐다.

수연과 연수는 지붕이 열리는 하늘색 스포츠카를 렌트해 여

행을 떠났다. 떠나기 전 수연이 "가게는?"이라고 묻자 연수가
역할극이라도 하는 거처럼 심각한 톤으로 되물었다.

"나야, 가게야!"

수연은 장난스럽게 답했다.

"당연히 너지! 그깟 맛집 따위!"

연수는 깔깔대며 웃다가 문득 철호에게 같은 질문을 했으면
뭐라 대답했을까 생각해봤다. 사실 생각할 필요도 없었다. 그
에게 중요한 건 예리하게 벼린 회칼과 펄펄 뛰는 생선밖에 없
으니까.

수연은 요즘 정신적으로 단단해지고 있음을 느낀다. 불과
얼마 전까지만 해도 모든 걸 다 잃어버렸다고 생각했는데 어
느새 빈 곳이 채워지고 있었다. 떠나고 싶을 때 함께 떠날 친구
가 생겼고 새로 시작한 일은 기대 이상으로 잘되고 있다. 마른
가지에 눈꽃이 피었다고 할까. 그리고 무엇보다 현생에서는
만나기 어려울 거라 생각했던 나름의 이상형이 눈앞에 나타
났다. 물론 좀 더 지켜봐야겠지만 덕분에 어쩌면 이제는 자신
에게 닥치는 문제들을 다시 감당해낼 수 있지 않을까 하는 마
음이 스멀스멀 피어오르는 중이었다. 그래서 수연은 조심스레
자신에게 물었다.

"이제 감당할 수 있겠지?"

밖으로 큰 소리를 내지는 않았지만, 마음 한구석에서 대답

이 들려왔다.

'당연하지!'

Love actually, is all around

#. 장면 하나

현재까지 알려진 우주를 구성하는 물질은 크게 세 가지로 나눌 수 있다. 암흑 에너지(Dark Energy)가 약 68.3%로 가장 큰 부분을 차지하고 다음으로 암흑 물질(Dark Matter)이 약 26.8%, 그리고 일반 물질(Normal Matter 또는 Baryonic Matter)이 약 4.9%라고 한다. 그 외에 극히 미미하지만 전자기 복사(빛)나 반물질 등도 우주를 구성하는 요소에 포함된다. 하지만 진짜 중요한 건 따로 있다. 바로 사랑이다. 이 세상 어디에나 있는 건 사랑이다. 사랑이 없으면 어차피 이 세상도 우주도 존재의 의미를 잃는다.

"그걸 찾았다고요? 어떻게요?"

하루가 눈이 동그래져서 경수를 바라봤다. 경수가 찾았다는 건 26년 전 영원의 데뷔작이 될 수도 있었던, 하지만 기술 시사로 끝난 영화의 상영본 프린트였다. 경수는 인터넷 검색으로도 찾기 힘든 당시 인터뷰 기사들을 신문사와 도서관을 오가며 종이 원문으로 찾아내고 이를 통해 기술 시사에 참석한 사람들을 몇몇 알아냈다. 그리고 그중 후반 사운드 작업을 했던 회사 대표를 직접 만날 수 있었다. 그는 오래전 현업에서 은퇴해 현재는 경기도에서 창고업을 하고 있었다. 그는 뜬금없이 찾아온 경수가 채영원 감독의 데뷔작이 될 수도 있었던 영화 프린트를 찾고 있다고 하자 어이없는 웃음을 터뜨렸다.

"그걸 내가 갖고 있다는 걸 어떻게 알았어요?"

"네? 그걸 갖고 계시다고요?"

당시 후반 사운드 작업을 했던 그는 제작사로부터 작업비 한 푼 받지 못했다고 한다. 제작사는 법정관리를 신청했고, 법원이 이를 받아들이지 않음으로써 최종 부도처리되어 사라졌다. 그 과정에서 사운드 회사 대표는 그나마 돈이 될 만한 무엇이라도 가져오려고 제작사 사무실을 찾아갔지만, 이미 쓰레기밖에 남은 게 없었다. 그런데 그 쓰레기 더미에서 기술 시사회 때 쓴 상영본 프린트와 네거티브필름을 발견했다는 것이다. 혹시나 하는 마음에 들고 나왔지만, 그 후 누구도 그 필름의 행방을 궁금해하지 않았다고 한다.

그날 경수는 이 세상은 사랑과 그리고 아주 미미한 비율이지만 '그럼에도 불구하고' 존재하는 '기적'으로 구성되어 있다고 생각했다.

#. 장면 둘

연애 시절 사랑에 미친 건 연수였다. 연수는 철호에게 하루에도 수백 번 사랑한다고 말했다. 하지만 철호에게서 사랑한다는 말은 듣지 못했다. 그래도 그때는 충분히 사랑받는다는 느낌을 받았다고 한다. 물론 아무리 고향이 경상도라고는 해도 좀 심하다는 생각은 들었지만, 그땐 그조차 매력이던 시절이었고 또 철호가 이런 말을 했다.

"사랑한다고 말을 해야 사랑하는 거면 사랑이 너무 쉽잖아."

"사랑이 어려워야 해 그럼?"

"당연하지. 쉬운 건 사랑이 아냐."

철호의 말이 맞았다. 연수는 쉽게 사랑에 빠졌지만 살아보니 사랑은 쉬운 게 아니었다.

연수는 수연과 3일 연속 함께 영화를 보고 4일째 되는 날 영화 속 델마와 루이스처럼 지붕이 열리는 하늘색 스포츠카를 렌트해 무작정 여행을 떠났다. 영화와 달랐던 건 돌아오는 날을 정하지 않고 떠났을 뿐 돌아오지 않을 생각을 한 건 아니었다. 수연과 연수는 일주일 만에 돌아왔고 연수를 본 철호는 고장 난 수도꼭지처럼 눈물을 흘렸다. 연수는 철호가 우는 걸 처음 봤다. 이 남자의 바닥까지 샅샅이 봤다고 생각했는데 바닥 아래 연수가 아직도 모르는 바닥이 더 있긴 했나 보다고 생각했다. 철호는 돌아온 연수에게 이제 그만 자신을 떠나도 좋다고 말했다. 다만 조건이 있었다. 1년 동안 떨어져 지내며 하고 싶은 걸 다 해보고 그때도 원하는 게 헤어짐이라면 그때 받아들이겠다고 했다. 그리고 연수에게 연애 시절에도 입 밖으로 내뱉은 적 없는 말을 어렵게 꺼냈다.

"사랑해."

연수는 철호의 제안을 받아들여 집을 나왔고 일단 단식원에 등록했다. 단식원에서 원하는 결과를 얻게 된다면 그다음에는 연기학원에 등록할 계획이었다.

#. 장면 셋

경수는 카페에 앉아 네 살 된 아기를 무릎에 앉히고 그림책을 읽어주고 있다. 누군가를 기다리는 듯 시계를 본다. 이때 카페 문이 열리고 누군가 들어선다. 경수는 손을 번쩍 든다. 수연이다. 수연은 잰걸음으로 다가와 경수와 아이의 볼에 차례로

뽀뽀부터 한다. 경수는 "누가 봐"라고 말하면서도 행복해 죽겠는 표정이다.

"회의가 생각보다 늦게 끝났어. 많이 기다렸지? 미안."

그런데 그 순간 경수는 고개를 갸웃한다. 기시감이 들어서다. 그리고 아주 오래전 그날을 떠올린다. 한때 경수에게 썸머로 불렸던 그녀. 그녀는 경수가 프러포즈했을 때 이렇게 말했다.

"난 카페에 앉아 책을 보며 누군가를 기다리고 있어. 그리고 얼마 안 있어서 그가 와. 그는 회의가 늦게 끝났다며 기다리게 해서 미안하다고 말해. 그 사람은 내 남편이야. 그러니까 아쉽지만 자기랑 나랑은 이루어지지 않았어. 그게 우리의 미래야."

썸머는 믿거나 말거나 종종 미래에 벌어질 일을 본다고 했다. 그리고 경수의 프러포즈를 거절하는 이유가 이미 미래에 자신이 누군가의 아내가 되어 있기 때문이라고 했다. 정말 썸머는 미래를 봤을까? 혹시 그녀가 본 미래에 누군가의 남편이 된 경수가 있었던 게 아닐까? 그게 경수의 프러포즈를 거절한 진짜 이유가 아닐까? 썸머는 운명론자였다. 누구나 예외 없이 죽듯 인간의 삶은 어떤 식으로든 정해져 있다고 믿었다. 그래서 경수는 농담처럼 넌 가끔 미래를 볼 수 있으니 바꾸면 되겠네, 라고 했는데 썸머는 미래를 아는 것과 그걸 바꿀 수 있는 건 다른 문제라고 했다. 그리고 우린 모두 수행자라고 했다. 정해진 결과가 올 수 있도록 수행하는 것. 그 과정을 견디고 사는 게 인생이라고 했다. 어쩌면 썸머가 그토록 헤어지자고 했던 게, 정해진 미래를 알기에 그 미래가 올 수 있도록 수행한 것인지도 몰랐다. 물론 알 수 없는 일이다.

#. 장면 넷

영원은 27년 전 사랑을 가슴에 품고 한평생을 사는 중이다. 그게 가능한 일이냐고 묻는다면 영원도 살아보고 그게 가능하다는 걸 알았다고 대답할 거다. 영원은 그녀와 파리에서 헤어지기 직전 해야 할 말을 하지 못한 걸 종종 떠올리며 후회했다. 그건 사랑한다는 말이었다. 영원은 그때까지 이성을 상대로 사랑한다는 말을 해본 적이 없었다. 그리고 마침내 사랑한다는 말을 할 상대를 만났는데 정작 하지 못했다. 그때만 해도 일주일 만에 사랑한다고 말하는 건 좀 아니라고 생각했다. 그리고 무엇보다 앞으로 기회가 많을 거라 여겼다. 그래서 사랑한다고 말하고 싶었던 순간에 대신 이렇게 말했다.
"보고 싶어."
"응? 누굴?"
영원은 눈으로 그녀를 지목했다.
"나?"
"응."

"지금 보고 있잖아."

"그러게. 보고 있는데도 보고 싶어."

그때 그녀가 말했다.

"사랑하나 보네."

영원은 그날 이후 27년째 그녀가 보고 싶다. 그것도 매일매일. 영원이 오후 5시 15분이면 카메라를 드는 이유다.

\#. 장면 다섯

남자는 오로지 사회적 성공만을 좇아 한평생을 살았다. 그렇게 해서 마침내 세상 사람들이 다 아는 거대 기업의 전문경영인 자리에 올랐다. 그사이 늙은 부모는 살던 집을 불태워 스스로 죽음을 선택했다. 어떻게 그런 결말에 이르렀는지 과정은 알지 못한다. 그저 무심했다고 말할밖에. 그 와중에 아내는 이혼을 요구했다. 이유는 알 수 없었다. 하지만 변호사를 통해 재산분할을 요구해온 걸 보고 그게 이유가 될 수도 있다고 생각했다. 안 좋은 일은 한꺼번에 몰려왔다. 병원 주치의는 암이라고 했다. 그래도 다행인지 암이라고 해서 당장 어떻게 되는 건 아니라고 했고, 같은 날 오후 검찰의 소환통보를 받았다. 아이러니하게도 남자가 동종업계 매출 1위 기업을 일궈낸 대가였다. 검찰은 브리핑을 통해 기업의 조 단위 분식회계를 지시

한 장본인으로 남자를 지목했다. 로열패밀리가 아닌 그에게 전문경영인 자리를 허락한 이유였다. 혼자 다 뒤집어쓰고 가라는.

남자는 부모의 장례를 치른 후 뒤늦게 부모가 살던 집을 찾았다. 시커멓게 그을리고 타서 폐허가 된 그 집에서 자신이 태어났다는 사실이 새삼 낯설게 느껴졌다. 남자는 난데없이 울음이 터졌다. 내리는 비가 어깨를 적셨지만, 울음은 멈추지 않았다. 분명 삶에 확고한 목표가 있었고 그걸 위해 온몸을 바쳤고 어느 순간 거의 다 이루었다고까지 생각했는데, 한순간 모든 게 신기루처럼 사라졌고 남은 건 후회뿐이었다.

"혹시 이 집 어르신을 아시나요?"

울음을 채 멈추지 못한 남자가 돌아보니 중년 남자가 다가와 우산을 건넸다. 이미 젖은 몸에 이제 와 우산을 쓰는 게 무슨 소용인가 싶었다.

"저는 길 건너에서 세탁소를 운영합니다. 어르신 부부가 오랫동안 제 단골손님이셨습니다."

세탁소 주인이라고 자신을 소개한 이의 손에는 두툼한 노트가 들려 있었다.

"이걸 전해 드려야 할 것 같아서요."

"그게 뭔가요?"

노트는 남자의 부모가 남긴 것이었다. 화재 전날 노부부가 세탁소에 들렀는데 그때 두고 간 거 같다고 했다. 숨겨놓듯 두고 가 일주일쯤 후에야 대청소를 하다 발견했다고 한다. '은하 노트'라 적힌 노트에는 남자의 부모가 연애 시절부터 죽기 전까지 함께 본 영화들에 대한 감상이 담겨 있었다. 남자는 노트에 빼곡하게 적힌 부모의 영화 일기를 통해 자신의 부모가 어떤 사람들이었는지, 어떻게 사랑하고 또 어떻게 살다 떠났는지를 그려볼 수 있었다. 그 모든 게 한없이 낯설고 그래서 부끄러웠다. 남자는 마음이 다급해졌다. 이제라도 잘못된 것들을 되돌려야 하는데 어디서부터 고쳐야 할지 알 수가 없었다. 게다가 고쳐야 할 것들은 대부분 물리적으로 되돌릴 수 없는 것들이었다. 무엇을 해도 떠난 부모는 다시 돌아오지 않고 잘못 산 자신의 인생도 되돌릴 수 없다. 그래도 뭔가는 해야겠다고 생각했다. 그래서 남자는 어떤 실마리라도 찾고 싶은 마음에 세탁소 주인에게 물었다.

"혹시 생전에 부모님이 하고 싶었던 게 있었을까요?"

그 말에 세탁소 주인은 기억을 되살렸다.

"글쎄요. 지난 늦여름이었어요. 어르신이 저를 집으로 초대하신 적이 한 번 있었습니다. 늦은 저녁 시간에 꼭 와달라고 하셔서 갔더니 마당에 멋진 극장을 만들어놓으셨더라고요."

"극장이요?"

"네. 마당에 커다란 흰 천으로 스크린을 만들어 걸고 해가

250

지자 영화를 트셨어요. 저를 부른 건 당신들 두 분 말고도 관객이 있어야 극장 같지 않겠냐며…… 아내분을 위해 마지막 선물을 해드리고 싶다고 하셨어요."

남자는 그날 밤, 홀로 텅 빈 집에서 일종의 계시를 들었다. 저음의 울림 있는 목소리는 TV를 통해 흘러나왔다. 아마도 어떤 영화의 한 장면이었을 거다.

"If you build it, he will come."

남자는 자신에게 주어진 자유의 시간이 얼마 남지 않았음을 알고 있었고 그래서 모든 것을 서둘렀다. 다행히 남자는 업계에서 불도저라는 닉네임으로 불리는 사람이었다.

남자는 부모가 살던 집터에 극장을 짓기로 했다. 극장 이름은 어머니 이름 은수의 '은'과 아버지 이름 경하의 '하'를 따 '은하극장'이라 지었다. 의미 없는 일이지만 남자는 극장에 50개 좌석을 만들고 48개 좌석만 티켓팅할 수 있게 했다. 두 석은 항상 영화를 사랑했던 부모 몫으로 남겨둔 것이다. 남자는 이제 자신을 대신해 극장을 관리해줄 사람을 뽑아야 했다. 동종업계 평균 이상의 후한 근무 조건을 내걸었더니 오버 스펙의 지원자도 보였고 몇몇 지원자는 당장 투입해도 될 경력자들이었다. 하지만 남자의 눈길을 끈 건 경력도 없고 지원양식도 무시한 채 달랑 영화 리뷰만 보낸 지원자였다. 그가 보낸 리뷰는 부모님이 극장에서 본 마지막 영화와 같았다. 남자는 그를 뽑기로 했다. 극장과 관련해 모든 게 얼추 정리되자 기다렸다는 듯 구속영장이 발부됐다. 재판정에서 판사는 대형 경제사범들이 큰 죄를 짓고도 집행유예로 풀려나는 악습을 끊어내겠다며 10년 형을 선고했다. 남자는 변호인단의 만류에도 불구하고 항고하지 않겠다고 했다.

#. 장면 여섯

여자의 한글 이름은 서린, 영어 이름은 캐서린이다. 여자는 태어난 지 100일 만에 덴마크의 한 가정으로 입양되었다. 보육원 명부에 써진 한글 이름은 서린이었다. 성이 서고 이름이 린인지 아니면 이름만 서린인지는 알 수 없었다. 그냥 아기 포대에 붙여놓은 메모에 서린이라고 쓰여 있었다. 입양을 위해 한국까지 찾아온 백인 부모는 서린이라는 한국 이름을 보고 캐서린이라 이름을 지어주었다.

서린은 대학 시절 교환학생으로 파리에 머물렀다. 그때 한국에서 온 영원을 만났다. 둘은 파리 곳곳을 누비며 일주일 동안 만나고 서로를 운명이라 믿었다. 그래서 1년 후 다시 만나기로 했지만, 그사이 서린의 양부모가 빗길에 교통사고를 당했다. 서린은 간병 때문에 한 달여를 병원 중환자실에서 보내야 했다. 그래도 서린은 운명을 믿었다. 1년 후 영원이 한국에서 영화를 찍고 있다는 사실을 알게 됐다. 제작사를 통해 영원에게 연락하고 다시 한번 운명을 기다려봤지만, 영원은 나타나지 않았다. 그리고 27년의 세월이 흘렀다.

서린은 이제 또다시 운명을 믿어보기로 했다. 영영 묻힐 뻔했던 영원의 첫 영화가 공개된다는 소식을 들었기 때문이다.

#. 장면 일곱

잊혀진 영화감독 채영원의 데뷔작 〈사물의 도리〉가 무려 26년 만의 공개를 앞두고 영화 커뮤니티와 SNS를 중심으로 화제가 되고 있다. 특히 이번 상영회를 기획한 '은사모'는 '은하극장을 사랑하는 사람들의 모임'의 약자로 개관 4주년을 맞아 동네 극장의 위상을 높이고 있는 은하극장의 자발적 팬클럽으로 알려졌다. 한편 은사모 회장 구경수 씨는 이번 상영회가 단순한 영화 관람을 넘어 시간과 기억의 의미를 되새기는 특별한 경험을 제공할 것으로 기대한다고 밝히며 영화 마니아들의 많은 관심을 기대한다고도 전했다.

사과 말씀 드립니다.

은하극장 개관 4주년을 기념해 열기로 했던 채영원 감독의 미공개 데뷔작 〈사물의 도리〉 상영회가 내부 사정으로 취소되었음을 알립니다.

기대해주셨던 분들에게 심심한 사과의 말씀을 드립니다.

은사모 회장 구경수

#. 장면 여덟

"여러분들의 마음은 고맙게 받을게요. 이건 진심이에요. 사실 상상도 못 할 만큼 고마운 마음이라 여러분들한테 내가 과연 이런 대접을 받아도 되는 사람인지 어리둥절할 지경이에요. 하지만 그 영화를 다시 꺼내 보고 싶진 않아요. 인생은 저마다의 때가 있고 이미 흘러가버린 걸 다시 붙잡으려는 건 그저 욕심일 뿐이니까요. 대신 여러분들 덕분에 내 안에 사라져버린 줄 알았던 마음이 다시 살아났어요. 영화를 다시 해볼까 해요. 과연 할 수 있을지 그게 언제가 될지는 모르지만 하고 싶다는 마음이 들었으니 지금의 나를 응원해줬으면 해요. 지난 시절의 나 말고요."

　영원은 궁금해하는 은사모 회원들에게 앞으로 만들 영화에 관해 이야기해주었다. 시나리오를 구상하게 된 건 너무 생생한 꿈을 꾸고 난 후였다고 했다. 꿈에 영원은 알프스산맥이 보이는 어떤 곳에서 조력자살을 선택해 죽었다고 한다. 그런데 꿈에서 깨고 나니 오히려 정신이 번쩍 들면서 살아야겠다는 생각이 들었다는 거다. 그래서 그날부터 시나리오를 쓰기 시작했다고 한다. 배경은 동네 극장이고 그곳에 사는 유령과 유령을 알아보지 못하는 사람들의 이야기라고만 했다.

4

극장에 유령이 산다

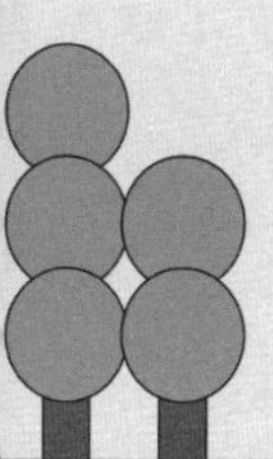

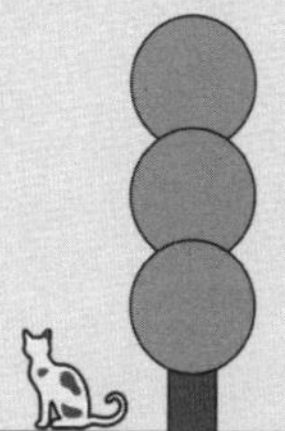

Who am I?

내 기억이 틀리지 않는다면, 세탁소 주인 영원 씨가 처음 극장을 찾은 건 극장이 문을 연 지 1년쯤 지나서였다. 나는 그 1년 동안 극장 매니저 하루가 출근 전 매일 세탁소에 들러 영원 씨에게 인사를 건네고 온다는 걸 알고 있었다. 영원 씨는 말수가 워낙 적은 사람이고 하루는 혼자일 때 한해서만 말이 많은 어린 친구였다. 그래서 처음에는 그 둘이 함께 있는 풍경이 잘 그려지지 않았다. 그때만 해도 멀리서 바라보면 두 사람은 어쩐지 덩그러니 외롭게 떠 있는 각각의 외딴섬 같았다. 그런데 하루가 가고 이틀이 가고 계절이 바뀌면서 어느새 두 개의 섬은 하나처럼 보이기 시작했다.

오후 5시 15분, 영원 씨는 오늘도 어김없이 카메라를 들고 나와 같은 자리에서 맞은편에 보이는 풍경을 오래된 아날로그 카메라에 담는다. 그가 찍는 사진은 언제나 극장이 배경이 되지만 그가 찍으려는 게 극장이 아니란 건 이미 알고 있다. 그는 극장이 그 자리에 있기 전부터 줄곧 같은 자리에서 사진을 찍었다. 내가 불에 타 그을린 폐허 속에서 먼 시선으로 지켜본 것만 2년 가까운 세월이었다. 하지만 내 기억이 거기서부터였을 뿐, 그는 그전에도 같은 시각 같은 자리에서 카메라 셔터를 눌렀을 거다. 아마도 세탁소 문을 처음 연 날이 그 시작이지 않았을까? 그래서 언젠가 그가 내 곁에 가까이 온다면 매일 같은 시각 똑같은 풍경을 굳이 찍는 이유를 물어봐야겠다고 생각하곤 했다. 물론 내가 묻는다고 그가 내 목소리를 듣고 답하진 않겠지만 그래도 물어볼 순 있었다. 이유는 알 수 없지만, 사람들은 당장은 내 목소리를 듣지 못해도 꾸준히 귀에 대고 속삭이면 어느 순간 불현듯 답할 때가 있었기 때문이다.

하지만 막상 그가 극장에 자주 모습을 보이기 시작하자 굳이 물어야 하나 싶었다. 어떤 대답이 나올지 뻔히 짐작하고 있어서였다. 보나 마나 다니엘 데이 루이스를 닮은 그 얼굴로 싱거운 미소나 지었겠지. 그것도 보일 듯 말 듯 아주 희미한 미소일 거다. 내가 그동안 지켜본 그는 표정 짓기에 인색한 그런 사람이었다. 비가 오나 눈이 오나 하루도 빠짐없이 매일 오후 5시 15분이면 어김없이 길 건너 극장을 향해 셔터만 눌렀던 사람이, 그것도 매일 아침 인사차 들르는 하루가 그렇게 극장에 놀러 오라고 해도 고집스레 안 오던 사람이, 극장이 문을 연 지 1년 만에 제 발로 보러 온 영화는 한 달에 한 번 일주일간 상영되는 재개봉 기획전 작품 중 하나였다.

극장 안에 종일 머물다보면 이미 본 영화를 또 보는 게 곧 일상이 된다. 다행히 한 번 본 영화라도 두 번째 볼 때 감상은 이전과 달랐다. 세 번째도 마찬가지였다. 심지어 어떤 영화는 무려 열한 번을 봤지만 볼 때마다 끄덕여졌고, 그 지점은 매번 달라졌다. 일테면 여자의 입장에서, 남자의 입장에서, 문과생의 입장과 이과생의 입장에서, 운명론자의 입장 또 그 반대의 입장에서, 그리고 알 수 없는 미래에 대해서, 이미 지나가버린 과거에 대해서, 사랑에 대해서 또 사랑 아닌 것에 대해서 등등 볼 때마다 감상의 스펙트럼은 달라지고 깊어지고 또 넓어졌다.

하지만 좋은 영화라고 해서 매번 또 보고 그러지는 않는다. 대부분은 좋았을 때 그 감상을 오래도록 되새김질하는 것으로 충분했다. 그래서 한 번 본 영화를 다시 볼 때는 스크린을 보는 게 아니라 스크린을 등지고 앉아 관객의 표정을 살피는 일이 더 흥미롭고 재미있다는 사실을 곧 알게 됐다. 나는 언제부턴가 관객의 표정을 보면서 그 순간 스크린에 펼쳐지고 있는 장면을 맞추는 일종의 '나 홀로 영화 게임'을 했다. 그건 극장 안에서의 반복되는 일상에 조금이라도 지루함을 덜어줄 수 있는 일이었다. 그날도 그랬다. 이미 조조 첫 상영으로 영화를 본 후라 극장 안에서 스크린을 등지고 앉아 영원 씨가 영화를 보는 걸 상영시간 내내 지켜봤다. 그리고 그날 난 그의 눈빛에서 이미 오래전 사라져 없어진 줄로만 알았던 무언가가 다시금 되살아나는 걸 보았다. 물론 그땐 그게 뭔지 실체도 깊이도 정확히 알 수 없었지만 그걸 알게 되는 데에 또 그리 오랜 시간이 걸리지는 않았다. 사실 오래 걸려도 상관은 없었다. 어차피 내겐 시간밖에 없으니까. 그런데 나의 시간은 도대체 언제까지 계속되는 걸까? 사실 이젠 좀 지겹다.

난 하루가 극장에서 일하게 되기 전까지 오랜 시간 이곳에 홀로 있었다. 한동안은 얼마만큼의 시간이 흘렀는지도 알 수 없었다. 내가 있는 곳은 거친 회색빛의 폐허였는데, 어느 날 시멘트 벽이 허물어지고 거대한 중장비들이 들어와 내가 머물던 자리를 허물고 뜯어내더니 얼마 후 전에 볼 수 없던 새로운 공간이 만들어졌다. 덕분에 난 쾌적함을 얻었고, 여전히 같은 자리를 벗어날 수는 없었으나 전과 달라진 환경에서 행동반경을 조금 더 넓힐 수 있게 되었다. 그렇게 만들어진 게 영화 상영을 위한 극장이라는 걸 안 것은 1층 매표소와 벽면을 영화 포스터들이 빼곡하게 장식하면서부터였다. 기억도 없는 형편에 영화 포스터들은 정작 낯설지 않아서 조금 당황했다. 그런 걸 보면 기억이 아예 없거나 사라진 건 아닌 듯싶었다.

영화 포스터는 모두 30여 편 정도 되었는데 헐리웃의 고전 흑백영화부터 비교적 최신 영화들까지 나름 일관된 취향이 엿보였다. 나중에 작품 한 편 한 편을 따져본 결과, 포스터 중 가장 오래된 영화는 1949년 작 〈카사블랑카〉였고 근작은 2012년 작 〈아무르〉였다. 2012년 이후의 영화는 없었다. 그 이후의 영화 포스터들은 상영관이 있는 2층으로 향하는 계단 벽에 전시되었고, 넓지는 않지만 2층 라운지까지 이어졌다. 2층에는 영화 관련 책과 굿즈들이 전시됐다. 하지만 모든 준비가 끝났음에도 극장이 정식으로 문을 열고 관객을 맞이하게 되기까지는 적지 않은 시간이 더 걸렸다. 그게 Covid-19라는 신종 바이러스로 인한 팬데믹 상황 때문이라는 건 나중에서야 알게 됐다. 난 그사이 이유도 모른 채 종일 어두운 객석에 앉아 꺼진 스크린을 멍하니 바라봐야만 했다. 그렇게 아무 일도 일어나지 않는 시간이 한동안 계속됐다. 지루했지만 지루함은 어쩐지 내게 주어진 존재의 이유 같았다. 그러던 어느 날, 그가 왔다. 이름은 하루라고 했다. 물론 내게 자신을 소개한 건 아니다. 그는 극장의 유일한 직원이 됐고, 곧 내가 머물던 자리를 깨끗하게 청소하고 꺼져 있던 스크린에 밝은 빛을 쏘았다. 스크린에 투사된 연속된 이미지가 영화란 건 기억이 없어도 알 수 있었다. 난 오랜만에, 아니 기억이 생긴 후로 처음 일종의 환희를 느꼈고 여전히 기억나지는 않지만 그럼에도 내가 아주 오래전부터 영화를 무척 좋아했었다는 걸 충분히 알 수 있었다.

극장은 마침내 문을 열었지만, 당연히 관객이 당장 몰려오거나 하는 일은 벌어지지 않았다. 어찌 됐든 코로나 시절이었다. 있던 극장도 문을 닫아걸던 시절. 덕분에 그 후로도 한동안 나 말고 관객은 없었다. (아! 극장 입장에선 나는 관객이 아니지만.) 그럼에도 영화는 꼬박꼬박 상영됐다. 누구를 위한 건지는 몰랐다. 그저 영사기는 텅 빈 객석 위로 종일 밝은 빛을 쏘아댈 뿐이었다. 그게 하루가 극장 직원이 되면서 맺은 극장주와의 약속이란 건 이미 알고 있었다. 두 사람이 처음 만난 그 자리에 나도 함께 있었으니까. 덕분에 그는 손님이 없어도 매일매일 손님이 있는 것처럼 바쁜 하루를 보냈다. 그러다 마지막 회차가 상영되면 그는 공식적으로는 퇴근하고 극장 안으로 다시 들어왔다. 그럴 때면 극장은 온전히 나와 그, 둘만을 위한 공간이 됐다. 물론 그는 온전히 자신만을 위한 공간이라 생각했겠지만.

극장이 본격적으로 영화를 상영하면서 매일 평균 5~6편의 영화를 연이어 보게 됐다. 나는 어떤 영화는 보고 재미있어서 웃었고 또 어떤 영화는 슬퍼서 보는 내내 울었다. 텅 빈 극장 안에서도 그가 있으면 나는 굳이 그의 옆자리에 가서 붙어 앉았다. 사회적 거리두기로 좌석과 좌석 사이에는 X 표시가 되어 있었지만, 그쯤은 가볍게 무시했다. 난 살아 있는 누군가에게 바이러스를 전파할 가능성이 없었고 반대로 살아 있는 이로 인해 감염될 염려도 없다. 난 그와 나란히 붙어 앉아 같은 영화를 봤다. 내가 웃으면 그도 웃었고 내가 눈물지으면 대부분 그도 그랬다. 같은 영화를 보며 비슷한 감정을 누군가와 공유한다고 생각하니 위로가 됐다. 알고 보니 극장이란 그런 곳이었다. 모르는 사람과 같은 공간에서 보이지 않는 감정을 서로 주고받는 곳.

난 그가 오기 전까지 오랜 시간 무너진 잔해 속에서 홀로 지냈다. 그런 내게 그는 너무도 반가운 존재였다. 나는 종종 그에게 말을 걸었다. 그래봤자 내 말이 그의 귀에 들리진 않았지만 대신 내가 그의 말을 들을 수 있었다. 그는 혼잣말을 좋아했다. 어찌 보면 참 이상한 친구였다. 지켜본 결과 그는 사람들 사이에서 하는 말보다 혼자 있을 때 말이 더 많았다. 덕분에 난 더 이상 심심하지 않았고 무엇보다 그에 대해 많은 걸 알게 됐다. 상처가 많은 젊은이 하루. 나중에 알게 된 일이지만, 하루는 누군가의 첫사랑이었다. 그런데 공교롭게도 하루를 짝사랑했던 이의 이름도 하루였다. 결국 하루와 하루는 만났다. 그런데 문득 궁금해졌다. 나도 누군가의 첫사랑이었을까? 아니, 나에게도 첫사랑이 있었을까? 하지만 아무것도 알 수 없었다. 왜 난 그 모든 걸 기억하지 못하는 걸까? 도대체 난 누굴까?

#

극장에 머물면서 수많은 사람을 만났다. 하지만 사실 만났다는 표현은 맞지 않을 수 있다. 만남은 상호작용을 전제로 하는데 내가 만난 사람들은 정작 나를 만난 줄 모를 테니 말이다. 그런데 아주 드물게 예외는 있었다. 어떻게 그런 일이 가능했는지는 떠나려는 지금도 알 수가 없다. 영원 씨는 극장이 생기기 전에 이미 알던 존재였고 하루는 극장이 생기면서 알게 된 친구였다. 난 그 둘을 다 친구로 여겼고 시간이 흐르면서 몇몇을 더 친구로 삼게 되었다. 그들에게는 공통점이 있었다. 영화를 각자의 방식으로 사랑한다는 것. 당연한 일이었다. 영화를 좋아하지 않는데 애초에 극장에 올 리가 없잖은가. 그리고 또 하나. 처음 극장에 왔을 때 그들은 예외 없이 외딴섬 같아 보였다. 그런데 외딴섬들이 하나둘 극장 안으로 모여들자 그 섬들은 어느새 더는 외딴섬이라 부를 수 없게 됐다.

내가 그와 그녀들을 처음 본 날 은하극장 스크린을 밝게 물들이고 있던 영화는 14년을 함께 산 부부 알레와 알렉스가 헤어질 결심을 하고 이별 파티를 준비하며 벌어지는 로맨스인지 코미디인지 경계가 애매한 스페인 영화였다. 극장에 관객은 네 명. 아니, 공짜 손님인 나를 빼면 셋이었다. 나는 영화의 나름 전복적 설정에 한껏 흥미가 일었다. 하지만 안타깝게도 온전히 영화에 몰입할 수는 없었다. 방해꾼이 있었기 때문이다. 그녀는 바로 내 옆자리에 앉아 처음에는 훌쩍이는 수준으로 시작했다가 중반 이후부터는 흐느낌으로 변했고, 영화가 클라이맥스에 다다를 즈음에는 급기야 통곡했다. 영화가 그녀의 감정을 건드렸을까? 영화의 내용상 그랬을 가능성이 크지만 그렇다고 상영시간 내내 울며 볼 영화는 아니었다. 그러니까 애초에 그녀는 영화를 보기 위해 극장을 찾은 게 아니었다. 그녀는 오로지 울기 위해 극장 문을 밀고 어둠 속으로 들어온 거다. 하긴 백주 대낮에 울고 싶을 때 관객 없는 극장보다 더 좋은 곳이 있을까?

그 와중에도 맨 뒷자리에 앉은 또 다른 관객은 코를 골며 자고 있었다. 그녀도 나름 단골 관객이다. 누군가 울고 싶을 때 극장을 찾는 것처럼 그녀는 자고 싶을 때 극장을 찾았다. 그녀는 평소 불면증에 시달렸지만 극장에만 들어서면 숙면을 취할 수 있었다. 그녀는 또 다른 그녀의 울음소리에도 깨지 않고 영화가 상영되는 내내 코를 골며 잤다.

사실 극장에서 자는 관객을 만나는 것도 우는 관객을 만나는 것도 다 흔한 일에 속했다. 내 경우는 굳이 따지자면 후자였다. 종일 영화를 보다 보면 평균 3할은 울었다. 찔끔 우냐 펑펑 우냐 터져 나오는 울음을 애써 삼키느냐의 차이일 뿐 울음은 필수다. 그러고 보면 울음이 많은 인간에게 극장은 좋은 핑계인 듯싶다. 인간은 원래 울기 위해 태어난 존재니까. 엊그제만 해도 그랬다. 애니메이션이기에 얕잡아 봤다가 눈물이 한 번 터진 후로는 영화가 끝날 때까지 멈출 수가 없었다. 한 사람의 마음 안에 깃든 숱한 감정들. 기쁨, 슬픔, 분노, 불안, 공포, 그리움 등등 그 복잡한 감정들이 각각의 캐릭터가 되어 서로 부대끼고 어루만지는 과정을 지켜보다 눈물이 흘렀고 끝내 소리 내어 꺼이꺼이 울고 말았다. 이럴 땐 바로 옆자리에 관객이 있어도 내가 내는 소리를 들을 수 없다는 사실이 너무 좋다. 참지 않고 마음껏 울어도 되니까. 그렇게 한바탕 울고 나면 슬픔은 흘러갈 뿐 한 곳에 고이지 않았다.

극장에 워낙 오래 머물다 보니 새삼 깨닫게 되는 것들이 많다. 일테면 누군가는 그저 울기 위해 한낮의 환한 햇살을 피해 어둑한 극장을 찾을 수도 있고, 또 누군가는 현실의 피로감을 잊고 온전히 혼자가 되기 위해 엉덩이를 받쳐줄 폭신한 극장 의자가 필요할 수도 있다는 것을. 그런데 그때, 마치 내 생각을 듣기라도 한 거처럼 그가 내게 말을 걸었다.

"그러게. 극장에 꼭 영화만 보러 오란 법 있나?"

나는 너무 놀라서 반대편 옆자리에 앉은 그를 바라봤다. 그리고 물었다.

"제가 보여요?"

그는 고개를 옆으로 돌린 채 빤히 나를 바라봤다. 나는 다급하게 다시 물었다.

"제가 정말 보여요? 제 목소리가 들려요?"

하지만 그는 이내 고개를 돌렸고 다시 아무렇지 않게 스크린으로 시선을 돌렸다. 내가 사람들과의 소통이 그리워 그만 정신이 이상해진 게 틀림없다.

남의 인생을 엿보는 건 마치 영화를 보는 것처럼 재미있는 일이었다. 그날 울기 위해 극장 안으로 숨어든 그녀와 불면증 치료를 위해 극장을 찾는 그녀는 오래전 한때 같은 교실에서 수업을 듣고 같은 식당에서 급식을 나눠 먹던 고교 동창생이었다. 게다가 그 둘의 이름은 앞 글자와 뒤 글자가 순서만 다른 수연과 연수였다. 그리고 잠시나마 나와 눈이 마주쳤던 그는 다시는 바보처럼 사랑에 빠지지 않겠다고 다짐에 다짐을 했지만, 어두운 극장 안에서 한 자리 건너 옆에 앉은 여자의 흐느끼는 울음소리를 들으며 어쩌면 또 바보가 될지도 모르겠다는 불길한 예감에 빠지고 있었다.

길을 잃었나요?

시작되는 모든 건 언젠가는 끝이 난다. 나의 삶도 그럴 거다. 아니, 나의 삶은 이미 끝났다. 하지만 난 여전히 매일 극장에서 깨어난다. 내가 이 극장에 붙박인 귀신, 흔히들 말하는 지박령 신세라는 걸 알게 된 건 최근의 일이다. 덕분에 이제는 정말 모든 게 끝나가고 있다. 내가 나라는 걸 알게 된 이상 말이다.

은하극장은 코로나 시절 문을 연 이래 매월 셋째 주면 어김없이 오래전 영화들을 기획전 형식으로 상영한다. 개관 때부터 꾸준히 이어져온 나름의 전통이라 지금은 셋째 주만 기다리는 고정 팬들도 자연스레 생겨났다. 상영작은 은하노트라 불리는 실제 노트에 기록된 영화 리뷰 작품 중 상영본 수급 상황을 고려해 하루가 정했다. 그리고 한 달에 한 번 발행되는 영화 소식지 은하레터에 노트에 담긴 리뷰가 함께 실렸다. 그 리뷰는 전문적인 영화비평이나 영화 마니아의 글과는 조금 달랐다. 리뷰의 대상이 된 영화들은 멀게는 1970년대 개봉작부터 시작해 가깝게는 2000년대 초 개봉작까지 아울러졌다. 글을 쓴 이는 항상 아내와 함께 그 영화들을 봤다. 그러니 영화를 보고 쓴 감상문이지만 어찌 보면 평생 사랑한 두 남녀의 역사이기도 했다. 은하극장을 찾는 관객이 조금씩 늘어나면서 은하노트에 관심을 갖는 사람들도 함께 늘어갔다. 나 역시 그들 중 하나였다. 그리고 마침내 어느 한 영화의 리뷰를 통해 내가 그동안 갖고 있던 궁금증을 풀어낼 수 있었다.

[은하노트] 떠나는 자만이 모든 걸 안다.

결혼 10년 차 부부 포트와 키트는 바쁜 뉴욕의 일상을 뒤로한 채 아프리카 모로코에 도착한다. 잘은 모르지만, 관계와 인생에 대한 전환점이나 계기가 필요해서 떠나왔으리라. 포트는 현지인에게 우리는 관광객이 아니라 여행자라고 말한다. 둘의 차이를 묻자 포트는 관광객은 도착하자마자 집에 가고 싶어 하는 족속이라 말하고, 그의 아내 키트는 여행자는 돌아가지 않을 수도 있는 이들이라 말한다.

아주 오래전 일이 떠올랐다. 중학생 시절이었다. 교회 주일

학교에서 크리스마스를 맞아 마니또 게임을 했고 마니또로부터 선물을 받았다. 포장을 뜯어보니 앙드레 지드의 책 『좁은 문』이었다. 책을 펼치자 표지 안쪽에 동글동글한 글씨체로 마니또가 남긴 몇 글자가 보였다.

"떠나는 자만이 모든 걸 안다."

당시 마니또가 누구였는지 문장은 직접 쓴 건지 어디서 베껴 온 건지 출처는 알 수 없었지만, 그 문장은 그 후로 내게 인생의 경구가 되어 종종 소환되곤 했다. 일테면 살다가 어려움에 봉착해 어떤 판단을 내리지 못하고 당장 무엇부터 해야 할지 알 수 없을 때 이 모든 게 다 내가 떠나지 못한 자여서 벌어진 일이라고 생각했다. 그러니까 그 문장은 평생 다람쥐 쳇바퀴 돌듯 좁은 세상에서 산 나 자신을 자책하는 데 쓰였다.

포트와 키트의 아프리카 여행으로 시작되는 영화는 베르나르도 베르톨루치 감독의 1990년 작 〈마지막 사랑(The Sheltering Sky)〉이다. 존 말코비치가 포트 역을 맡았고 데브라 윙거가 그의 아내 키트 역을 연기했다. 영어 원제에 비해 직설적인 제목을 달았지만 애틋한 멜로영화로 추천할 만한 작품은 아니다. 지극히 사변적인 데다 지루한 전개를 그래도 참고 보게 하는 건 사카모토 류이치의 음악과 이국적이고 광활한 아프리카의 자연 풍광이었다. 하지만 영화의 엔딩은 오래도록 잔상으로 남았다.

함께 떠났지만 돌아올 때 남자는 이 세상에 없다. 영화의 마지막에 여자는 처음 아프리카에 도착했을 때 남편과 갔던 카페에 들른다. 그리고 그곳에서 누군가로부터 질문을 받는다.

"길을 잃었나요?"

여자는 "네"라고 답한다.

떠나는 자만이 모든 걸 안다고 했다. 포트와 키트가 아프리카로 떠난 건 (인생의) 길을 찾기 위해서였을 텐데 정작 홀로 남겨진 채 여행에서 돌아온 여자는 길을 잃었다고 말한다. 허무한 엔딩이 될 상황에서 내레이션이 흘러나왔다. 대충 그런 내용이었다. 어떤 일들은 이 세상에서 정해진 횟수만큼 일어난다. 보름달이 뜨는 것처럼. 우리 삶은 유한하다. 그러니 우리는 이 삶에서 몇 번의 보름달을 볼 수 있을까? 앞으로 스무 번이나 될까?

귀찮아하는 아내를 졸라 억지로 함께 밤 산책을 나갔다. 아내는 원래 그런 사람이 아니었는데 아픈 후로 많은 게 달라졌다. 아내의 손을 잡았다. 아내는 남사스럽다며 빼려 들었지만 난 기왕에 잡은 손을 놓아주지 않았다. 밤공기가 맑았다. 아내의 표정도 나가기 싫다고 버티던 조금 전보다는 훨씬 밝아졌다. 어느새 아내는 잡은 손을 앞뒤로 조금씩 흔들었다. 나는 밤하늘을 가리켰다. 내 뭉툭한 손가락 너머에 보름달이 환하게 걸렸다. 난 속으로 몇 번의 보름달을 아내와 함께 볼 수 있을까 생각했다. 스무 번만 된다면 얼마나 좋을까. 아내는 그런 내 속마음은 아랑곳없이 먼 시절로 돌아가고 있었다.

"당신 기억나? 중학교 때 우리 교회 주일학교에서 처음 만난 거."

"무슨 소리야. 고등학교 때지."

"아닌데?"

아내는 문득 아프기 전, 좀 더 젊었던 시절의 장난기 어린 표정을 오랜만에 지었다. 난 갑자기 울컥해 아내의 해맑은 눈망울을 똑바로 바라보지 못하고 시선을 피했다.

"내가 얘기한 적 없구나. 크리스마스 때 마니또 게임. 중3때였어. 당신은 아마 마니또한테서 책 선물을 받았을 거야. 앙드레 지드의…… 혹시 기억해?"

"기억해. 앙드레 지드의 『좁은 문』이었어. 책 표지 안쪽에는 마니또가 남긴 글이 있었고. 설마 그게 당신이었다고?"

"떠나는 자만이 모든 걸 알지. 그러니 내가 먼저 떠난다고 너무 슬퍼하지는 마."

아내가 보름달 아래서 씨익 웃었다. 내 앞에는 어느새 열여섯 살 소녀가 서 있었다. 하지만 난 웃을 수 없었다.

그랬다. 은하노트에 담긴 영화와 글은 열여섯 살에 처음 만나 남은 평생을 함께하자 약속하고 그 약속을 끝내 지켰던 한 남자와 한 여자 사이의 사랑의 역사와 다름없었다. 그리고 나는 처음부터 그 타인의 역사가 낯설어 보이지 않았다. 당연한 일이었다. 은하노트는 내가 살아서 쓴 글이었고, 그 안에 담긴 영화는 하나도 빠짐없이 내가 아내의 손을 잡고 함께 본 영화들이었다.

생전에 아내와 난 일주일에 두 번 폴란드 세탁소를 찾았다. 아내와 나는 세탁소에 옷을 맡기고 구석진 자리에 나란히 앉아 영원 씨가 골라 트는 LP 음반을 조용히 들었다. 그 시간은 아내가 가장 좋아했던 시간이었다.

영원 씨가 처음 극장을 찾았던 날이 떠올랐다. 그때 스크린을 응시하던 그의 눈빛에는 가늠하기 어려운 복잡한 감정들이 가득 담겨 있었다. 그게 뭔지 늘 궁금했는데 이제는 조금 알 것도 같다. 오늘의 마지막 상영작은 빔 벤더스 감독의 〈퍼펙트 데이즈〉였다. 그가 보러 왔길래 난 종종 그렇듯 스크린을 등지고 앉아 영화를 보는 그를 감상했다. 세탁소 일을 돕는 경수 씨가 그에게 대뜸 히라야마 삼촌이라 불렀던 이유를 영화를 통해 확인한 영원 씨는 빙그레 웃었다. 영화에서 히라야마가 햇살에 비친 잎사귀를 찍기 위해 아날로그 필름 카메라의 뷰파인더에 눈을 가져갈 땐 그 장면이 영화 속 장면인지 매일 오후 5시 15분에 카메라를 드는 영원 씨인지 나도 헷갈렸으니까. 영화 속 히라야마는 영원처럼 말수가 적고 단순한 삶의 루틴을 강박적으로 지키고 또 음악을 사랑했다.

애니멀스의 〈The House of the Rising Sun〉을 시작으로 벨벳 언더그라운드의 〈Pale Blue Eyes〉가 나오고 그 후로도 오티스 레딩, 패티 스미스, 롤링 스톤스, 루 리드, 킹크스, 벤 모리슨, 니나 시몬, 패트릭 왓슨…… 등이 나왔는데 거의 모든 곡이 영원 씨가 세탁소에서 일할 때 틀어놓는 음악들이었다. 어쩌면 영화를 보는 내내 영원 씨는 자신이 가진 앨범을 영화 제작진이 빌려다 트는 것 같은 착각에 빠졌을지도 모른다. 신기한 일이었다. 그런데 또 따지고 보면 신기한 일도 희한한 일도 아니었다. 우리 세대라면 좋아하지 않을 수 없는 곡들이니까. 난 문득 아쉽고 또 안타까웠다. 나의 목소리가 그에게 닿을 수만 있다면 영화가 끝난 후 우리는 분명 빔 벤더스 감독의 〈베를린 천사의 시〉를 놓고 많은 얘기를 나눴을 거다. 그나저나 이제 이렇게 스크린을 등지고 그를 바라볼 수 있는 날도 얼마 남지 않았다.

사랑은 미안하다고 말하지 않는 것

Love means never having to say you're sorry.

〈러브 스토리(Love Story, 1971)〉

9년 전, '나'는 알츠하이머를 앓는 아내를 돌보고 있었다. 자식은 아들 하나 딸 하나. 세상 사람들은 자식 농사를 잘 지었다고 부러워했지만, 캐나다로 간 딸을 마지막으로 본 건 아내가 알츠하이머에 걸리기도 전의 일이었다. 아들은 대기업 전문경영인으로 1년 열두 달 중 열 달을 해외에서 보낸다. 명절 때면 대기업 대표 이름의 각종 선물 상자가 산더미처럼 배달됐다. 아픈 아내가 먹을 수 있는 건 그중에 없었다.

아내의 병세는 눈에 띄게 나빠졌고, 급기야 아내 혼자 두고 마트에라도 다녀오려면 아내를 침대에 묶어놓아야 하는 상황에까지 몰렸다. 그 와중에도 위안이 되는 시간이라면 아내를 휠체어에 앉히고 오래된 단골 세탁소로 마실을 가는 일이었다. 왜 폴란드 세탁소인지는 모르지만, 세탁소에는 항상 시간의 때가 묻은 턴테이블에서 음악이 흘러나왔다. 영화 〈쥘 앤 짐〉에서 〈회오리바람〉을 노래하던 잔느 모로의 목소리가 흘러나온 날, 아내는 주인에게 처음으로 앨범 재킷을 볼 수 있냐고 물었다. 신기한 일이었다. 〈쥘 앤 짐〉 OST가 흘러나오는 세탁소도 신기하지만, 그보다 아내는 어떻게 잔느 모로의 목소리를 기억하고 있었을까? 젊은 시절, 프랑스 여배우 잔느 모로와 분위기가 비슷하다는 나의 말에 아내는 무척이나 기뻐했다. 영화 〈사형대의 엘리베이터〉에서 파리의 밤거리를 하염없이 걷는 잔느 모로만큼 아름답고 분위기 있는 여인의 모습을 나는 별로 본 적이 없는데, 아내에게서 그런 느낌을 받았었다. 아내 역시 잔느 모로를 좋아한 건 물론이고 〈사형대의 엘리베이터〉에서 흐르는 마일스 데이비스의 트럼펫 소리를 너무나 좋아한다고 말했다.

세탁소 주인은 재킷을 보여달라는 아내에게 잔느 모로가 모자를 쓴 채 달리고 있는 〈쥘 앤 짐〉 LP 재킷을 꺼내 보이며 아주 오래전 영국 발매 음반을 파리에서 우연히 샀다고 했다. 그러고는 거짓말처럼 〈사형대의 엘리베이터〉 OST까지 꺼내 든 채 아내의 얼굴을 바라보았다. 그 후로 세탁소에 들르면 따로 부탁하지 않아도 주인은 조용히 그 앨범들을 꺼내 턴테이블 위에 올렸다. 음악이 흘러나오는 동안 아내는 평안해 보였다. 세탁소 주인이 문을 열고 밖으로 나갔다. 유리창을 통해 그가 가게 앞 의자에 앉는 게 보였다. 그는 나와 아내가 온전히 음악에 빠질 수 있도록 배려해준 거다.

아내에게 내가 있어 다행이라고 생각했다. 나는 여전히, 아니 매일매일 전날보다도 더 아내를 사랑했고 아내는 점점 더 기억을 잃어갔다. 이제 그녀의 기억 속에 나란 존재는 사라진 게 틀림없다고 인정해야 했던 날, 그 일이 벌어졌다.

모든 기억이 사라져버린 줄 알았던 아내는 전날 밤 어쩐 일인지 명료하게 기억이 돌아왔다. 그리고 아내는 그 틈을 타 나를 속였다. 난 오랜만에 깊은 잠에 빠져들었다. 아내가 내 물잔에 수면제를 탔을 거라고는 상상할 수 없었다. 나는 아내의 손목에 내 손목과 연결된 줄을 매고 곧 잠이 들었다. 새벽녘 아내는 그 끈을 조심스레 풀고 일어났다. 그리고 언젠가 지금처럼 정신이 잠시 돌아왔을 때 숨겨두었던 그것을 찾아 꺼냈다. 아내는 문틈에 꼼꼼하게 테이핑을 했고, 착화탄에 불을 붙인 후 내 곁에 곱게 누워 나를 꼭 끌어안았다.

매캐한 연기에 정신이 돌아왔을 때는 이미 돌이킬 수 없는 상황이었다. 모든 걸 되돌리기에 늦었다는 걸 알았다. 난 아내를 꼭 끌어안았다. 아내는 내가 하고자 했지만 하지 못한 일을 대신 한 것이다. 사실 나의 시간도 얼마 남지 않았음을 아내 역시 알았다. 아내는 숨이 멎기 직전 힘겹게 마지막 한마디를 건넸다.

"미안한데 미안하단 말은 하지 않을래. 사랑했으니까. 나 당신을 평생 사랑했어. 그게 내 인생의 가장 큰 자랑거리야."

난 고개를 끄덕였다. 할 수 있는 만큼 세차게 끄덕였다. 나 역시 평생 당신을 사랑했다고 큰 소리로 외치고 싶었지만, 이산화탄소가 목구멍을 막아 말은 밖으로 새어 나오지 못했다. 난 두 팔에 더 힘을 주어 아내를 끌어안았지만, 그 와중에 걱정이 됐다. 불길이 번지면 안 되는데…… 그나마 가까이에 다른 건물이 없는 단독주택이라 다행이었다. 다급한 사이렌 소리와 함께 행운인지 세찬 빗소리가 들려왔다. 그걸로 끝이었다. 아니, 끝이 아니었다.

⋮

난 다시 깨어났다. 살았냐고? 글쎄, 처음에는 그런 줄 알았지만, 아니었다. 누구도 나를 알아보지 못했고 난 그저 투명한 상태로 그 자리에 존재할 뿐이었다. 그나마 다행인 건 육체가 사라지자 고통도 사라졌다는 거다.

이제 와 이 모든 걸 회고하듯 이야기할 수 있게 됐지만, 그땐 아무 기억조차 없었다. 그러니까 나는 현생의 기억을 잃은 채

저승도 이승도 아닌 곳에 붙박인 지박령 신세가 된 것이었다.

마침내 기억을 되찾을 수 있었던 건 극장에서 매주 셋째 주 상영하는 오래된 영화들 덕분이었다. 프로그래머인 하루는 그 영화들을 누군가의 영화 감상이 담긴 노트에서 골랐다. 은하노트라 불린 그 노트는 평생을 함께한 부부의 매우 사적인 영화 노트이자 인생 노트였다. 나는 극장에서 상영하는 모든 영화가 다 좋았지만, 특히 은하노트에서 언급한 영화들을 볼 때 유독 좋았다. 때론 웃었고 때론 울었지만, 운 영화들이 훨씬 많았다. 이상한 일이었다. 딱히 슬픈 영화가 아니어도 눈물이 났다. 눈물샘이 고장이라도 난 걸까? 우스운 일이었다. 사람들 눈에 보이지도 않고 질량도 없는 존재가 흘리는 눈물이라니.

나와 아내는 영화를 좋아했다. 가난했던 젊은 시절, 그나마 적은 비용으로 서로가 공유할 수 있는 시간을 사는 데 영화보다 좋은 것은 없었다. 우린 지금은 사라진 지 오래인 종로 코아아트홀에서 〈파니 핑크〉를 보고 인사동을 거쳐 혜화동 마로니에 공원까지 걸었다. 걷는 내내 영화 이야기를 했다. 아내는 오르페우스가 불쌍하다고 했고 난 영화에 나오는 음악이 좋았다고 했다. 〈프라이드 그린 토마토〉〈안토니아스 라인〉〈베를린 천사의 시〉. 당시 본 영화들이었다. 그중에 나 혼자 본 영화는 없었다. 내가 본 모든 영화가 다 아내와 함께 본 영화들이었다. 아내는 집에 오면 자신이 본 영화에 대한 짧은 감상을 노트에 적어 우리가 함께 사용하는 책상에 두었다. 나는 아내가 쓴 영화 노트를 읽고 나의 감상을 덧붙이곤 했다. 마치 사춘기 시절 아이들이 교환 일기를 주고받듯 영화에 대한 감상을 평생 공유했다. 하지만 세상 모든 일에는 시작이 있고 끝 또한 언젠가 오기 마련이다.

"나 이제 당신이랑 영화 그만 보고 싶어."

아내가 영화를 보고 나온 후 내게 말했다. 아내는 많이 피곤해 보였다. 난 고개를 끄덕였다. 아내와 처음 함께 본 영화를 지금도 또렷하게 기억하고 있다. 앨리 맥그로와 라이언 오닐이 출연한 〈러브 스토리〉였다. 1971년 겨울 그해 최고의 화제작이었다. 난 영화가 끝나고 울어서 퉁퉁 부은 아내의 얼굴을 보고 내가 평생 이 사람을 사랑하게 될 거란 걸 너무 확실하게 알아버렸다. 그리고 함께 본 마지막 영화는 우리처럼 평생 사랑했던 노부부의 마지막을 다룬 영화였다. 〈아무르〉는 좋은 영화였지만 안 보는 게 나았을 영화였다.

햇수를 헤아려보니 무려 41년이다. 마지막 영화를 본 후 아내는 6년을 더 살다 갔다. 아내는 그 세월 동안 꾸준히 기억을 잃어갔지만, 마지막 순간 기적 같은 힘을 발휘해 온전한 정신을 찾았다. 어떻게 해서든 나의 짐을 덜어주고 싶었을 거다. 아내는 그런 사람이었다. 나를 사랑했다. 난 종종 아내에게 당신이 날 아무리 사랑해도 내 사랑에는 미치지 못한다고 장난삼아 말해왔는데 어쩌면 그건 내 착각이자 오만이었을지 모른다. 아내는 나보다 더 날 사랑했던 게 틀림없다. 그러니 그런 짓을 벌였겠지.

사랑은 때로 상상할 수 없는 것들을 현실로 만든다. 그러니까 내가 현생의 기억을 잃은 지박령이 될 줄 상상이나 했겠냐 말이다. 그리고 그 기억을 되찾은 게 결국 아내와 함께 쓴 영화 노트와 내가 본 영화를 통해서라니. 이제 난 떠날 때가 됐다. 내가 한평생 사랑했던 사람 은수의 첫 글자 '은'과 내 이름 경하의 끝 글자 '하'를 따서 아들이 만든 은하극장을 떠날 때가. 그럼 난 이제 곧 아내를 보게 되는 걸까? 아내는 내게 뭐라고 할까? 왜 이제야 왔냐고 할까?

에필로그

홀가분하게 떠날 수 있을 거라 생각했는데 막상 때가 오자 난 좌불안석에 전전긍긍 상태가 되고 말았다. 이유는 단 한 사람, 영원 씨 때문이었다.

그들은 나란 존재를 몰라도 나는 함께 보낸 시간을 통해 그들을 알게 됐다. 사랑하면 알게 되고 알면 보인다고 했지만 난 그들을 알게 된 후 그들을 사랑하게 됐고, 그러자 안 보이던 것이 보이기 시작했다. 생전의 기억을 되찾은 건 온전히 은하극장과 극장에 찾아든 그들 덕분이었다. 난, 마침내 지박령 신세를 벗어날 수 있게 됐다. 그들은 나의 친구였다. 같은 공간에서 같은 영화를 보며 함께 웃고 울고 어둠 속에서 밝은 스크린을 응시하며 때로 저마다의 상처를 떠올리고 그럼에도 희망을 품었던……. 대체 그게 친구가 아니면 무엇이겠는가. 난 그들이 이생에서 진정 행복하기를 진심으로 바라고 또 빌었다. 물론 막연히 두 손 모아 비는 것보다는 그들 꿈에 나타나 이번 주 로 또 당첨 번호라도 미리 알려줄 수 있다면 그보다 더 좋은 일은 없었겠지만, 안타깝게도 나 같은 존재에게 그런 능력은 없었 다. 막상 귀신이 되기 전에는 몰랐던 일들이다. 그러고 보면 사 람이 할 수 없는 일을 귀신이 할 수 있을 리 없었다. 그게 당연 했다.

그들은 처음에는 하나같이 외로운 외딴섬이었다. 그런데 어 느 날부턴가 극장에 하나둘씩 모여들더니 (따지고 보면 그게 다 영원 씨의 공이었다) 어느새 외딴섬들은 더 이상 외딴섬이라 부 를 수 없게 됐다. 설명할 수 있는 차원 너머의 묘한 일에 가까 웠지만, 극장이 그들에게 긍정적인 기운을 준 건 틀림없었다. 하루는 극장이 있었기에 자신도 몰랐던 첫사랑을 찾았고(사실 찾은 게 아니라 찾아왔지만), 경수는 다시는 바보가 되지 않겠다고 다짐했건만 극장에서 물기 어린 눈망울의 수연을 본 순간 그 다짐이 눈 녹듯 사라졌다. 더불어 수연은 한 번의 실패가 결국 진정한 운명의 상대를 만나기 위한 포석이었다는 걸 인정하려 는 중이고, 사랑 때문에 "내가 미쳤지"를 연발하던 연수는 비 록 미래는 알 수 없으나 일단 사랑 대신 연기에 미쳐보기로 했 다. 그리고 며칠 전 내게는 언제까지고 아픈 구석일 수밖에 없는 아들이 죗값을 치르고 곧 풀려날 거란 소식이 들려왔다. 모든 게 결말로 달려가는 중이었다.

그들 모두를 다시 볼 수 없다는 게 몹시 아쉬운 것만 빼면 그런대로 해피 엔딩이라 여기며 여길 떠날 수 있을 것 같았는데 단 한 사람이 문제였다. 그들 중 나와는 가장 오랜 인연이기도 했던 영원 씨. 그가 떠나려는 내 발목을 붙잡았다.

난 무슨 일이 일어나면 그건 분명 어떤 이유가 있을 거라고 생각하는 사람이었다. 그런데 죽고 나서 생각해보니 그 모든 일에는 이유가 다 따로 있는 게 아니었고, 있어야 할 이유를 스스로 만들어가는 게 저마다의 인생이었다. 이유를 잘 만들면 나름 성공한 인생이 되는 거고 이유를 잘못 만들면 실패한 인생이 되는 거였다. 난 영원 씨가 제대로 된 이유를 찾아 제발 자신의 인생을 실패로 귀결시키지 않기를 간절히 바랐다. 그리고 그 바람이 통했는지 마침내 오랜 기다림 끝에 기회가 왔다. 말 없고 무뚝뚝하지만, 영원은 언제나 도움이 필요한 사람을 알아보는 밝은 눈을 가졌고 그때마다 주저 없이 손을 내미는 사람이었다. 그리고 그런 그에게 기회를 만들어준 사람들은 바로 그가 내민 손을 한 번이라도 잡았던 이들이었다. 난 잔뜩 설레었다. 미안한 얘기지만 영원이 만든 비운의 영화 때문이 아니었다. 그보다는 그 기회를 통해 그가 영영 잃어버린 줄로만 알았던 옛사랑을 다시 만날 수 있게 될지 그게 궁금했다.

그런데…….

그런데 그 소중한 기회를 그가 제 발로 걸어찼다. 으이구~ 소리가 절로 나왔지만 내가 할 수 있는 일은 없었다. 내가 그들과의 이별을 앞두고 좌불안석, 전전긍긍하게 된 이유였다.

난 이제 떠난다. 투명했던 내 몸이 온전히 소멸되는 걸 느낀다. 비록 영원 씨 때문에 개운한 마음으로 떠나지는 못하지만 내가 사랑해 마지않던 외딴섬들이 그를 지켜줄 거라 믿기에 못다 한 아쉬움은 남겨둔 채 떠나기로 했다. 불현듯 오래전 본 영화의 대사가 떠올랐다. 비록 그들은 내 목소리를 들을 수 없겠지만 난 그들을 향해 날렵한 손날을 만들어 멋들어지게 거수경례를 하며 외쳤다.

"굿 모닝! 혹시 다신 못 볼지도 모르니 굿 애프터눈, 굿 이브닝 앤 굿 나잇!"

#

무려 26년 만에 열기로 한 영원의 미공개 데뷔작 상영회가 취소된 날, 영원은 그날도 여느 때와 다름없이 이른 아침 세탁소를 열고 간밤에 비워진 고양이 밥 자리를 돌보고 극장 출근 전 들르는 하루와 짧은 인사를 나눴다. 점심 무렵에는 경수가 인근 요양원 커튼을 수거해 전달하고는 라디오 인터뷰가 잡혔다며 바삐 사라졌다. 횟집 사장 철호는 점심 피크가 지나고 브레이크 타임에 와서는 30분쯤 아무 말 없이 앉아 LP 음악만 듣다 갔다. 오후에는 수연과 연수가 길 건너에서 함께 만나 극장에 들어가기 전 세탁소를 향해 크게 손을 흔들었다. 영원은 여전히 표정으로 감정을 전달하는 게 어색했지만 그래도 그녀들을 향해 최대한의 반가움을 담아 손을 흔들었다. 영원은 언제부턴가 이전과는 달리 하루하루가 좀 번잡해졌다고 생각했다. 덕분에 시간은 전보다 더 빨리 갔지만 그게 좋은 건지 아닌지는 몰랐다.

오후 5시 15분. 영원은 어제와 다름없이 카메라를 들고 세탁소 앞으로 나섰다. 그리고 문득 이제 그만해도 되겠다고 생각했다. 한 번도 생각해보지 않았는데 너무 자연스럽게 그런 생각이 들어서 스스로도 조금은 놀랐다. 솔직히 아쉬운 마음보다는 시원한 마음이 좀 더 앞섰다. 영원은 발아래 마킹을 확인하곤 그 위에 서서 마지막 컷을 찍기 위해 카메라를 들었다. 어제와 같은 시간, 같은 장소지만 프레임에는 어제와는 또 다른 장면이 찍힐 게 분명했다.

찰.칵.

매일 똑같은 프레임이지만 그날의 풍경 안에는 어제는 없던 인물이 담겼다. 그는 카메라를 피하지 않고 똑바로 바라봤다. 영원은 셔터를 누른 후에도 한동안 뷰파인더를 통해 바라봤다.

그녀였다.

세월이 스치고 간 흔적에도 불구하고 영원은 그녀를 한눈에 알아보지 않을 도리가 없었다. 영원은 카메라를 든 손을 내렸다. 그리고 천천히 반대편 손을 들어 흔들었다. 문득 아주 오래전 자신에게 되뇌었던 말이 떠올랐다.

'좋은 건 다시 오지 않아.'

그건 영원이 아주 오래전 썼던 시나리오의 마지막 대사였다. 만들어진 영화의 엔딩은 새드 엔딩이었다. 영원은 그녀를 바라보며 만약 다시 시나리오를 수정할 수 있다면 결말을 바꿔야겠다고 생각했다. 영원은 이제야 깨달았다. 좋은 건 언제고 다시 온다는 걸. 그사이에 우린 우리가 해야 할 일을 묵묵히 해내고, 기대하고, 그리고 기다리면 되는 거였다는 걸.

극장과 관련해 내겐 아주 오래된 기억이 하나 있다. 엄마는 그날, 주먹을 쥐면 작은 호두알만 했던 아이를 등에 업고 양쪽으로 어린 딸들을 또 잔뜩 거느리고 지금은 사라지고 없는 종로의 한 극장을 찾았다. 어두운 극장의 밝은 스크린 위로는 흰 눈이 폴폴 내렸고, 사랑에 빠진 여주와 남주는 프란시스 레이의 〈Snow Frolic〉에 맞춰 아이들처럼 눈밭을 뒹굴며 뛰놀았다. 곧 다가올 슬픈 이별과 대비되어 그 후로도 오래도록 사람들의 뇌리에 남게 될 아름답고 슬픈 장면이었다. 그런데 그때였다. 영화와는 관계없는 관객들의 웃음 섞인 웅성거림이 극장 안에 울려 퍼졌다. 뒤뚱뒤뚱 갓 걸음을 시작한 아기의 그림자가 스크린에 비쳤기 때문이다. 2차원의 스크린에 펼쳐지는 영화 속 풍경과 3차원의 실제를 아직 구분할 수 없던 아기는 내리는 눈을 잡으려 그 호두알만 한 주먹을 쫙 펴 손바닥을 하늘로 향했다. 그러고도 모자랐는지 급기야 여주와 남주의 신나는 눈싸움에 동참하고자 스크린을 뚫고 들어가기 직전이었다. 엄마는 무릎 위에 있어야 할 아이의 무게가 사라진 걸 그제야 깨달았다.

극장 안에서 벌어진 그날의 해프닝은 마치 영화 속 한 장면처럼 내 기억 속에 지금도 생생하게 남아 있다. 하지만 사실 그건 나의 기억일 수 없다. 일반적으로 사람들이 과거를 기억할 수 있는 시점은 만 3세에서 4세 사이라고 한다. (심리학에서는 이를 '아동기 기억상실'이라 부른다. 뇌의 활동이 완전하지 않고 언어습득이 이루어지기 전이라 아직 경험을 기억으로 축적할 수 없기 때문인 것으로 보인다.) 그러니 당시 돌이 갓 지났을 내게 극장 안 풍경이 기억으로 남았을 리 없다. 그러니까 그건 당시 그곳에 있었던 엄마와 누나들의 증언(?)을 바탕으로 재구성된, 착각과는 구별되는 일종의 유사 기억인 셈이다. 그럼에도 난 여전히 그날의 일을 기억한다. 영사기가 쏘아내는 빛 사이로 날아다니는 작은 먼지, 스크린에 물든 엄마의 젊었던 옆얼굴, 호기심 가득한 미어캣처럼 한 방향을 향한 어릴 적 누나들의 반짝이던 눈빛 그리고 무엇보다 영화 감상을 해치러 온 아기 빌런의 등장에도 불구하고 짜증 대신 한바탕 웃음으로 받아준 너그러웠던 불특정의 관객들을 말이다. 어찌됐든 그들 모두는 우연한 인연으로 같은 시간 어두운 극장 안에 한데 모여들어 한 편의 영화와 하나의 추억을 공유하게 된 셈이었다.

영화는 극장을 통해 비로소 완성된다. 에디슨이 뤼미에르 형제에게 영화의 창시자 타이틀을 빼앗긴 것도 바로 그 이유에서였다. 에디슨이 만든 장치는 혼자만 볼 수 있었는데 영화의 고전적 정의에는 다수가 특정한 공간, 즉 극장에 모여 관람하는 행위가 필수였기 때문이다. 물론 지금의 기준으로는 별 의미 없는 이야기다. 영어로 'Film'은 영화지만 이제 더 이상 필름으로 영화를 찍지 않는 것처럼 말이다. 하루가 다르게 발전하는 AI 기술은 이제 촬영과 조명이라는 최소한의 물리적 과정조차 삭제하고 몇 줄 바람이 담긴 문장으로 이를 대체한다. 하지만 그런 와중에도 누군가는 시대의 변화와 흐름에 아랑곳하지 않은 채 도심 끝자락 풍진동 한 구석에 오래된 단독 주택을 허물고 단관 극장을 세웠다. 극장의 이름은 한평생 그곳에서 살다 간 영화 애호가 노부부의 이름 한 글자씩을 딴 '은하극장'이다.

두 번째 소설을 쓰면 무슨 이야기를 할까? 서로 논의를 했지만 사실 논의랄 것도 없었다. 이미 각자가 하고 싶은 이야기가 무엇인지는 알고 있었다. 말로는 영화 이야기를 하자 했고 극장이 중심이 되면 좋겠다고 했지만 결국 하고 싶은 이야기는 사람들의 이야기였다. 정확히 말하면 우리를 그럼에도 불구하고 살아가게 만드는, 어디에나 있는 사랑 이야기 말이다.

PS. 두 번째 소설이 세상에 나올 수 있도록 찾아주고 기다려주고 도움 주신 모든 분들께 내 진심 어린 감사가 꼭 전해졌으면 좋겠다. 더불어 영원이 마지막에 깨달은 것처럼, 우리도 깨닫게 되기를 바란다. "좋은 건 언제고 다시 온다는 걸. 그사이에 우린 우리가 해야 할 일을 묵묵히 해내고, 기대하고, 그리고 기다리면 되는 거였다는 걸."

2026년 1월
임진평

꽤 오랫동안 쉬지 않고 일주일 내내 일하는 생활을 반복했다. 커피를 내리고 빵을 굽고 재료를 손질하고…… 급기야 짤주머니를 손에 들고 카다이프 면을 만들기까지. 일과를 마치고 녹초가 된 상태로 노트북을 켜던 날들이 거짓말처럼 아득하게 느껴진다. 남은 건 망가진 허리와 인간 군상에 대한 회의였지만, 신기하게도 끝에 이르러 따뜻한 사람들을 만났다. 타인에 대한 연민을 가진 사람. 눈앞의 작은 이익보다 정을 나누는 게 먼저인 사람. 그래서 또 살아나갈 힘을 얻었다.

음악도 영화도 취향이 비슷한 임진평 작가와 두 번째 작업을 함께하며 이런 말을 가장 많이 나눴다. '이 책은 사랑에 관한 이야기'라고. 어떤 형태로든 존재하는 사랑과 그로 인해 연대하는 사람들에 관한 이야기라고.

소설 『위대한 개츠비』에서 닉은 개츠비에 대해 이렇게 회상했다. '그에게는 희망을 가질 수 있는 탁월한 능력과 낭만적인 준비성이 있었다'고. 그토록 쓸쓸한 죽음에도 불구하고 개츠비가 위대한 이유는 바로 그것이었다.

어떤 시련과 절망에도 파괴되지 않는 사랑의 마음을, 희망을 잃지 않는 능력을 지닌 사람이 되고 싶다. 그래서 나처럼 불완전하고 아픈 당신을 알아보고 사랑하는 그런 사람이 되고 싶다.

이 책은 사랑하고 연대하는 모든 이들에게 보내는 나의 연서이자 헌사다.

2026년 1월
고희은

〈4월 이야기(四月物語)〉(2000)

〈500일의 썸머(500 Days Of Summer)〉(2009)

〈그 시절, 우리가 좋아했던 소녀(那些年, 我們一起追的女孩)〉(2011)

〈꿈의 구장(Field Of Dreams)〉(1991)

〈나의 아름다운 세탁소(My Beautiful Laundrette)〉(1996)

〈남아있는 나날(The Remains Of The Day)〉(1994)

〈노킹 온 헤븐스 도어(Knockin' On Heaven's Door)〉(1997)

〈달라스 바이어스 클럽(Dallas Buyers Club)〉(2013)

〈델마와 루이스(Thelma & Louise)〉(1991)

〈라쇼몽(羅生門)〉(1950)

〈러브 스토리(Love Story)〉(1971)

〈러브 어페어(An Affair To Remember)〉(1958)

〈러브 어페어(Love Affair)〉(1994)

〈러브레터(ラブレター)〉(1995)

〈레옹(Léon: The Professional)〉(1994)

〈레인 오버 미(Reign Over Me)〉(2007)

〈렛 미 인(Let the Right One In)〉(2008)

〈로봇 드림(Robot Dreams)〉(2024)

〈마지막 사랑(The Sheltering Sky)〉(1990)

〈말 없는 소녀(The Quiet Girl)〉(2023)

〈미션(The Mission)〉(1986)

〈바벨(Babel)〉(2006)

〈베를린 천사의 시(Wings of desire)〉(1987)

〈봄날은 간다〉(2001)

〈사랑할 땐 누구나 최악이 된다(The Worst Person in the World)〉(2022)

〈사형대의 엘리베이터(Ascenseur pour l'échafaud)〉(1958)

〈산 파블로(The Sand Pebbles)〉(1966)

〈쇼생크 탈출(The Shawshank Redemption)〉(1995)

〈스모크(Smoke)〉(1995)

〈시네마 천국(Cinema Paradiso)〉(1988)

〈아멜리에(Le Fabuleux Destin d'Amélie Poulain)〉(2001)

〈아무르(Amour)〉(2012)

〈안녕, 나의 소울메이트(七月與安生, SoulMate)〉(2016)

〈안토니아스 라인(Antonia)〉(1995)

〈엘리펀트(Elephant)〉(2004)

〈오늘 밤, 세계에서 이 사랑이 사라진다 해도(今夜′世界からこの恋が消えても)〉(2022)

〈와일드(Wild: From Lost to Found on the Pacific Crest Trail)〉(2015)

〈유혹의 선(Flatliners)〉(1990)

〈이제 다시 시작하려고 해(The Other Way Around)〉(2025)

〈이터널 선샤인(Eternal Sunshine Of The Spotless Mind)〉(2004)

〈인사이드 아웃 2(Inside Out 2)〉(2024)

〈조제, 호랑이 그리고 물고기들(Josee, The Tiger And The Fish)〉(2004)

〈죽은 시인의 사회(Dead Poets Society)〉(1989)

〈줄 앤 짐(Jules Et Jim)〉(1962)

〈카사블랑카(Casablanca)〉(1942)

〈컨택트(Arrival)〉(2017)

〈클래식〉(2003)

〈택시 드라이버(Taxi Driver)〉(1976)

〈트루먼 쇼(The Truman Show)〉(1998)

〈파니 핑크(Keiner Liebt Mich)〉(1994)

〈패터슨(Paterson)〉(2017)

〈팬텀 스레드(Phantom Thread)〉(2017)

〈퍼펙트 데이즈(Perfect Days)〉(2024)

〈퐁네프의 연인들(Les Amants du Pont-Neuf)〉(1991)

〈플립(Flipped)〉(2017)

〈하나와 앨리스(花とアリス)〉(2004)

〈하나 그리고 둘(A One And A Two)〉(2000)

〈허공에의 질주(Running On Empty)〉(1988)

〈화양연화(花樣年華, In The Mood For Love)〉(2000)

〈후라이드 그린 토마토(Fried Green Tomatoes)〉(1991)

풍진동 시네마 천국

© 임진평·고희은, 2026

초판 1쇄 인쇄일 2026년 2월 25일
초판 1쇄 발행일 2026년 3월 10일

지은이 　 임진평 고희은
펴낸이 　 정은영
편집 　 　 김수진 전욱진
디자인 　 김지인
마케팅 　 이언영 임병천 임동렬 박채윤
저작권 　 신은혜 김현영
제작 　 　 홍동근

펴낸곳 　 (주)자음과모음
출판등록 2001년 11월 28일 제2001-000259호
주소 　 　 10881 경기도 파주시 회동길 325-20
전화 　 　 편집부 (02)324-2347 경영지원부 (02)325-6047
팩스 　 　 편집부 (02)324-2348 경영지원부 (02)2648-1311
이메일 　 편집부 munhak@jamobook.com 저작권 ip@jamobook.com

ISBN 　 　 978-89-544-7350-7 (03810)